हीरों की खेती

हीरों की खेती

रसेल एच. कॉनवेल

प्रभात
पेपरबैक्स
www.prabhatbooks.com

प्रकाशक • प्रभात पेपरबैक्स
4/19 आसफ अली रोड,
नई दिल्ली–110002

संस्करण • 2018
टाइप सैटिंग • टीम प्रभात
अनुवाद • पारितोष मालवीय
मूल्य • पंचानबे रुपए
मुद्रक • आर–टेक ऑफसेट प्रिंटर्स, दिल्ली

HEERON KI KHETI *by* Russell H. Conwell ₹ 95.00
Published by **PRABHAT PAPERBACKS**
4/19 Asaf Ali Road, New Delhi-110002
e-mail: prabhatbooks@gmail.com ISBN 978-93-5266-808-3

लेखक की कलम से...

मित्रो, यह व्याख्यान निम्नलिखित परिस्थितियों में दिया गया है—

जब मैं किसी शहर या नगर में व्याख्यान देने के लिए जाता हूँ तो मैं समय से पहले ही पहुँच जाता हूँ, ताकि मैं उस शहर के पोस्ट मास्टर, नाई, होटल संचालक, स्कूल के प्रधानाचार्य, चर्चों के मंत्रियों से मिल सकूँ तथा वहाँ की फैक्ट्रियों एवं दुकानों को देख सकूँ। मैं वहाँ के लोगों से बातचीत करता हूँ और वहाँ की आबोहवा से परिचित होता हूँ। मैं वहाँ का इतिहास पता लगाता हूँ, वहाँ की संभावनाएँ तलाशता हूँ तथा यह भी पता लगाने का प्रयास करता हूँ कि वहाँ के लोगों की असफलता की क्या वजहें हैं और हर नगर कुछ कर पाने में असमर्थ रहता है। इसके बाद मैं व्याख्यान के लिए जाता हूँ एवं वहाँ के लोगों से उन विषयों पर बात करता हूँ, जो उनके इलाके से जुड़े हुए हैं।

'हीरों की खेती' अथवा 'एकर्स ऑफ डायमंड्स' एक ऐसा

विचार है, जो निरंतर एक सा बना रहा है। इस विचार के अनुसार, हमारे इस देश में प्रत्येक व्यक्ति के पास यह संभावना मौजूद है कि वह अपने आस-पास के वातावरण, अपने कौशल, ऊर्जा स्तर और मित्रों की मदद से जितना कुछ अर्जित कर पाता है, उससे कई गुना अधिक अर्जित कर सकता है।

—रसेल एच. कॉनवेल

हीरों की खेती

(एक अमर भाषण)

कई वर्षों पूर्व एक अंग्रेज यात्री दल के साथ टिगरिस तथा यूफरेट्स नदियों के किनारे भ्रमण करने के लिए हमने बगदाद से एक अनुभवी मार्गदर्शक (गाइड) को अपने साथ किराए पर लिया। उसे देखकर कई बार मेरे मन में विचार आता कि उस बूढ़े अनुभवी मार्गदर्शक के मानसिक लक्षण हमारे यहाँ के नाइयों से कितने मिलते-जुलते हैं। उसे लगता था कि उसका काम केवल हमें नदियों के किनारे भ्रमण कराना ही नहीं है, जिसके लिए उसे मूल्य दिया गया था, वरन् रोचक और विचित्र, पुरानी और नई तथा जानी-अनजानी कहानियों से हमारा मनोरंजन करना भी है। उन कहानियों में से कई तो मैं भूल चुका हूँ और अच्छा हुआ कि मैं उन्हें भूल गया, किंतु एक कहानी ऐसी है, जिसे मैं कभी नहीं भूल पाऊँगा।

वह बूढ़ा गाइड मेरे ऊँट की रस्सी थामे उन प्राचीन नदियों के

एक बार की बात है, सिंधु नदी के पास अली हाफिद नाम का एक बूढ़ा फारसी रहता था। उसने बताया कि अली हाफिद एक बड़े कृषि क्षेत्र का स्वामी था।

किनारे-किनारे चल रहा था और इस दौरान उसने एक के बाद एक इतनी कहानियाँ सुना डालीं कि थककर मैंने उसकी कहानियों पर ध्यान देना बंद कर दिया। कहानियों को गौर से न सुनने पर वह कुछ क्रोधित हुआ, किंतु उसके क्रोध से न मुझे खीझ हुई और न मैं विचलित हुआ, किंतु मुझे याद है कि मेरा ध्यान आकर्षित करने के लिए किस तरह से उसने अपनी तुर्की टोपी को फिरकनी की तरह हवा में उछाला था। मैं उसकी गतिविधियों को कनखियों से देखता रहा, लेकिन मैं मन में ठाने हुए था कि उससे सीधे नजर नहीं मिलाऊँगा अन्यथा वह फिर एक कहानी सुनाना शुरू कर देगा, किंतु स्त्री न होते हुए भी न जाने कैसे मेरी नजरें उससे चार हुईं और उसने अगली कहानी सुनाना शुरू कर दिया।

वह बोला, ''अब मैं आपको वह कहानी सुनाने जा रहा हूँ, जो मैं अपने विशेष मित्रों के लिए बचाकर रखता हूँ।'' जब उसने 'विशेष मित्रों' शब्द पर जोर डाला तो मैंने उसकी वह कहानी बड़े मनोयोग से सुनी और अपने इस कार्य के लिए मैं सदैव प्रसन्नता का अनुभव करता हूँ। मैं वास्तव में निष्ठापूर्वक इस बात के प्रति

कृतज्ञता का अनुभव करता हूँ कि मेरे इस व्याख्यान ने कॉलेज के जिन 1,674 नवयुवकों को मुसीबतों से उबारा है, वे भी इस बात से प्रसन्न हैं कि मैंने वह कहानी गौर से सुनी। उस बूढ़े गाइड ने मुझसे कहा—एक बार की बात है, सिंधु नदी के पास अली हाफिद नाम का एक बूढ़ा फारसी रहता था। उसने बताया कि अली हाफिद एक बड़े कृषि क्षेत्र का स्वामी था। उसके कई बाग थे, अन्न क्षेत्र तथा बगीचे थे तथा उसका काफी धन ब्याज पर चलता था और वह अत्यधिक संपन्न व संतुष्ट व्यक्ति था। वह अपने संतोष के कारण संपन्न था तथा अपनी संपन्नता के कारण संतुष्ट था। एक बार इस बूढ़े फारसी किसान की भेंट पूर्व देश के बुद्धिमान माने जानेवाले एक बौद्ध भिक्षु से हुई। वह भिक्षु आग के समीप बैठकर बूढ़े किसान को बताने लगा कि किस प्रकार हमारा यह संसार बना है। उसने बताया कि कभी यह संसार मात्र धुंध से भरा हुआ था तथा सर्वशक्तिमान ईश्वर ने अपनी उँगली की चक्रीय गति से इसमें इतनी तीव्रता पैदा कर दी कि यह अग्नि के एक ठोस पिंड में परिवर्तित हो गया। यह

कभी यह संसार मात्र धुंध से भरा हुआ था तथा सर्वशक्तिमान ईश्वर ने अपनी उँगली की चक्रीय गति से इसमें इतनी तीव्रता पैदा कर दी कि यह अग्नि के एक ठोस पिंड में परिवर्तित हो गया।

> अली हाफिज ने हीरों के बारे में ध्यानपूर्वक सुना कि वे कितने मूल्यवान् होते हैं और उस रात वह अपने मन में गरीब होने का अहसास लेकर सोने चला गया।

पिंड ब्रह्मांड में तब तक भ्रमण करता रहा, जब तक अन्य क्षेत्रों का कोहरा/धुंध इसके ताप के संपर्क में आने पर घनीभूत होकर वर्षा के रूप में इसकी तपती सतह पर बरस नहीं गए और इससे इसकी बाह्य परत ठंडी हो गई। तत्पश्चात् इसके भीतर की ज्वाला बाह्य परत को भेदती हुई पर्वत शृंखलाओं, पहाड़ियों, घाटियों, मैदानों तथा घास के बड़े मैदानों के रूप में हमारे सामने आई। बाहर निकलकर अत्यंत शीघ्रता से शीतल होनेवाले द्रव्य पदार्थ ग्रेनाइट कहलाए, उससे कम तीव्रता से शीतल होनेवाले पदार्थ ताँबा, उससे कम तीव्रता से शीतल होनेवाले चाँदी, उससे कम तीव्रता से शीतल होनेवाले स्वर्ण तथा हीरा बने।

वह बूढ़ा भिक्षु बोला, ''हीरा, एक बूँद सूर्य के प्रकाश का ठोस रूप है।'' और शब्दश: आज यह वैज्ञानिक सत्य भी है कि हीरा वस्तुत: सूर्य के प्रकाश से एकत्रित कार्बन का रूप है। वह भिक्षु अली हाफिद से बोला कि यदि उसके पास अँगूठे के बराबर आकार का हीरा हो तो वह एक पूरा प्रांत खरीद सकता है तथा यदि उसके पास हीरों की खान हो तो वह अपने वैभव के प्रभाव

से अपनी संतानों को राज सिंहासन पर बिठा सकता है।

अली हाफिज ने हीरों के बारे में ध्यानपूर्वक सुना कि वे कितने मूल्यवान् होते हैं और उस रात वह अपने मन में गरीब होने का अहसास लेकर सोने चला गया। उसने ऐसा कुछ नहीं गँवाया था, जिससे वह गरीब हो गया। बस, असंतोष की भावना ने उसे गरीब बना दिया तथा असंतुष्ट होने के पीछे इस बात का भय था कि वह गरीब है। वह स्वयं से बोला, ''मुझे हीरों की खान चाहिए'', तथा वह सारी रात जागता रहा।

सुबह होते ही वह उस बौद्ध भिक्षु के पास गया। मैं अपने अनुभव से जानता हूँ कि तड़के सवेरे किसी भिक्षु को जगाने से वह कितना क्रोधित होता है। भिक्षु को उसकी सपनीली नींद से जगाकर अली हाफिद बोला—

''क्या आप मुझे बता सकते हैं कि मुझे हीरे कहाँ मिलेंगे?''

''हीरे! लेकिन तुम्हें हीरों का क्या करना है?''

''क्यों, मैं चाहता हूँ कि मैं अत्यधिक धनवान हो जाऊँ।''

''ठीक है, तो जाओ और ढूँढ़ो।

यात्रा के लिए आवश्यक धन एकत्रित करने के लिए उसने अपनी जमीन बेच दी तथा परिवार को एक पड़ोसी की देख-रेख में सौंपकर वह हीरों की खोज में निकल पड़ा।

उन्हें पाने के लिए तुम्हें उन्हें खोजना ही पड़ेगा और कोई उपाय नहीं है।''

''लेकिन, मुझे नहीं मालूम कि मैं हीरों की तलाश कहाँ करूँ?''

''अच्छा, यदि तुम ऊँचे पहाड़ों के मध्य सफेद रेत पर बहनेवाली किसी नदी की तलाश कर पाते हो, तो उसकी सफेद रेत में तुम्हें अवश्य हीरे मिलेंगे।''

''मुझे नहीं लगता कि ऐसी कोई नदी है।''

''अरे हैं, ऐसी बहुत सी नदियाँ हैं। तुम्हें केवल उन नदियों को ढूँढ़ने का श्रम करना है, तभी तुम्हें हीरे मिलेंगे।''

अली हाफिद बोला, ''ठीक है, मैं अवश्य जाऊँगा।''

यात्रा के लिए आवश्यक धन एकत्रित करने के लिए उसने अपनी जमीन बेच दी तथा परिवार को एक पड़ोसी की देख-रेख में सौंपकर वह हीरों की खोज में निकल पड़ा। जहाँ तक मैं समझता हूँ, उसने अपनी खोज चाँद पर बने पहाड़ों से आरंभ की। इसके बाद वह फिलिस्तीन घूमा, फिर यूरोप में भटकता रहा। अंत में, जब उसका सारा धन व्यय हो गया, उसके शरीर पर वस्त्र के नाम पर कुछ चिथड़े ही बचे थे, तब दीन-हीन अवस्था में वह स्पेन में बार्सिलोना के समुद्र तट पर आकर खड़ा हो गया। तभी हरक्युलिस के खंभों के बीच से समुद्री ज्वार की एक जबरदस्त लहर आई। वह अपने आपको रोक न सका और जीवन में फिर

कभी न उठने के लिए उसने अपने आपको उस ज्वार के हवाले कर दिया और डूब गया।

जब वह बूढ़ा गाइड मुझे यह विचित्र कहानी सुना रहा था, तभी उसने एक अन्य ऊँट से आनेवाले सामान को व्यवस्थित करने के लिए हमारे ऊँट को रोक दिया। उसके मेरे सामने से हटने पर मुझे उसकी कहानी पर विचार करने का अवसर मिल गया। मुझे याद है कि मैं अपने आप से ही कह रहा था, ''उसने यह कहानी अपने विशेष मित्रों'' के लिए सुरक्षित क्यों रखी है? इसका न कोई आदि है, न मध्य है, न अंत है, कुछ भी तो नहीं है। ऐसी कहानी मैंने अपने जीवन में पहली बार सुनी है, जिसके पहले अध्याय में ही नायक समाप्त हो जाता है, उसकी मृत्यु हो जाती है।

मुझे याद है कि मैं अपने आप से ही कह रहा था, ''उसने यह कहानी अपने विशेष मित्रों'' के लिए सुरक्षित क्यों रखी है? इसका न कोई आदि है, न मध्य है, न अंत है, कुछ भी तो नहीं है।

वह गाइड सामान व्यवस्थित करके वापस आया और हाथ में ऊँट की लगाम थामते ही उसने कहानी को आगे बढ़ाया और इस तरह कहानी के दूसरे अध्याय में प्रवेश किया, जैसे क्रम टूटा ही न हो। जिस आदमी ने अली हाफिद की जमीन को खरीदा

> "गोलकोण्डा की हीरे की खान की खोज हुई, मानव जाति के इतिहास में सर्वाधिक बड़ी हीरे की खान, जो किम्बर्ले से भी श्रेष्ठ है। इंग्लैंड और रूस के राजमुकुटों में जड़े हुए कोहिनूर तथा ऑरलॉफ जैसे बड़े आकार के हीरे इसी खान से निकले हैं।"

था, वह एक दिन अपने ऊँट को बगीचे में पानी पिलाने ले गया। जैसे ही ऊँट ने बगीचे के झरने के छिछले पानी में अपने मुँह डाला, उस व्यक्ति को लगा कि उस झरने की सफेद रेत से कुछ विचित्र-सी सफेद रोशनी आ रही है। उसने पानी में से एक काले चिकने पत्थर को बाहर निकाला तो अपने केंद्र से एक प्रकाश पुंज और इंद्रधनुषी रंगों को परावर्तित कर रहा था। वह उस पत्थर को घर ले गया तथा घर के मुख्य अग्नि स्थान के ऊपर बनी हुई वेदी पर रखकर भूल गया।

कुछ दिनों बाद वही बूढ़ा भिक्षु इस व्यक्ति से (जिसे अली हाफिद ने अपनी भू-संपत्ति बेची थी) मिलने आया और जैसे ही उसने बैठक का दरवाजा खोला, भिक्षु ने वेदी पर प्रकाश की चमक देखी और उस ओर दौड़ते हुए चिल्लाया, "यही है हीरा! क्या अली हाफिद लौट आया? अरे, नहीं अली हाफिद अभी नहीं लौटा है और यह कोई हीरा नहीं है। यह तो केवल एक पत्थर का टुकड़ा है, जो मुझे यहीं इसी बगीचे से मिला

था।'' किंतु, भिक्षु बोला, ''मैं हीरे को देखते ही पहचान जाता हूँ। निश्चित रूप से यह हीरा ही है।''

फिर वे दोनों पुराने बगीचे की तरफ दौड़ पड़े और जल्दी-जल्दी हाथों से सफेद रेत हटाई और यह क्या! पहले से अधिक खूबसूरत और मूल्यवान् पत्थर निकल पड़े। ''इस प्रकार'', उस गाइड ने मुझे और मेरे मित्रों को बताया, जो ऐतिहासिक रूप से भी सत्य है, ''गोलकोण्डा की हीरे की खान की खोज हुई, मानव जाति के इतिहास में सर्वाधिक बड़ी हीरे की खान, जो किम्बर्ले से भी श्रेष्ठ है। इंग्लैंड और रूस के राजमुकुटों में जड़े हुए कोहिनूर तथा ऑरलॉफ जैसे बड़े आकार के हीरे इसी खान से निकले हैं।''

जब वह बूढ़ा अरबी गाइड दूसरा अध्याय समाप्त कर चुका तो उस कहानी के सबक पर मेरा ध्यान खींचने के लिए उसने अपनी तुर्की टोपी उतारकर फिरकनी की तरह हवा में उछाल दी। इन अरबी गाइडों के किस्सों का कोई-न-कोई सबक होता है, भले ही वह सही मायने में सबक हो या न हो। अपनी टोपी उछालते हुए वह मुझसे बोला, ''काश! अली हाफिद घर पर ही रुकता। अपने घर की कोठरी, या गेहूँ के खेतों या बगीचे की खुदाई कर लेता तो दरिद्रता, भुखमरी, अंततः एक अनजान जमीन पर आत्महत्या करने के बजाय उसके पास एकड़ों जमीन पर फैले हुए हीरे होते, क्योंकि उसकी पुरानी भू-संपत्ति की प्रत्येक

मैंने उसे एक ऐसे आदमी की कहानी सुनाई, जो 1847 में कैलिफोर्निया में रहता था और जिसके पास एक बड़ा पशु फार्म था।

एकड़ जमीन से, बाद में ढेरों मूल्यवान् पत्थर निकले, जिनसे सम्राटों के ताज की शोभा बढ़ी।

जब उसने अपनी इस कहानी में सबक जोड़ा, तब मुझे समझ आया कि आखिर क्यों उसने यह कहानी अपने 'विशेष मित्रों' के लिए सुरक्षित रखी थी? लेकिन मैंने उसे यह बात जाहिर नहीं होने दी कि मैं यह समझ गया हूँ। वकील की तरह बात को घुमाकर कहना उस बूढ़े अरबी की बुरी आदत थी। जिस बात को वह सीधे-सीधे नहीं कह पाता, उसे घुमा-फिराकर कहता, यह कि "उसके अपने विचार से कोई एक नौजवान था, जो टिगरिस नदी के पास घूम रहा था। अच्छा होता कि वह अमेरिका में अपने घर में होता।" मैंने उसे यह नहीं बताया कि मैं उसकी बात को समझ गया हूँ, लेकिन मैंने उसे यह बताया कि उसकी कहानी ने मुझे एक और कहानी याद दिला दी है और शीघ्र ही मैंने उसे वह कहानी सुना डाली और सोचता हूँ कि आपको भी सुना दूँ।

मैंने उसे एक ऐसे आदमी की कहानी सुनाई, जो 1847 में कैलिफोर्निया में रहता था और जिसके पास एक बड़ा पशु फार्म था। उसने लोगों से सुना कि दक्षिण कैलिफोर्निया में सोने की खोज

हुई है तो सोने के प्रति लगाव के कारण उसने अपना पशु फार्म कर्नल सटर को बेच दिया और स्वयं वहाँ से हमेशा के लिए चला गया। उस पशु फार्म शाला से पानी का एक झरना बहता था, जिस पर कर्नल सटर ने एक पवन चक्की लगा ली। एक दिन उसकी छोटी-सी बेटी झरने के पास से गीली रेत उठाकर घर के अंदर ले आई और अँगीठी के पास बैठकर अपनी नन्ही उँगलियों से उसे छानने लगी। कर्नल सटर के यहाँ एक आगंतुक ने उस रेत में असली सोने के चमकते हुए कुछ कणों को देख लिया और इस तरह कैलिफोर्निया में सोने की खोज हुई। उस पशु फार्म का पूर्व स्वामी उस सोने को पाना चाहता था तथा वह महज स्वीकार पत्र के आधार पर इसे सुरक्षित कर सकता था और यह सच है कि उस फार्म के कुछ एकड़ हिस्से से तब से अब तक 38 लाख डॉलर की कमाई हो चुकी है।

लगभग आठ वर्ष पूर्व मैंने एक शहर में व्याख्यान दिया था और वह शहर उसी फार्म पर बसा हुआ है। वहाँ के लोग बताते हैं कि वहाँ के एक-तिहाई लोग लगातार कई वर्षों से हर पंद्रह मिनट में, सोते-जागते, सोने से एक सौ बीस डॉलर कमा रहे हैं और उन्हें कोई आयकर भी नहीं देना पड़ता। हम और आप भी अपनी कमाई का इसी तरह लुत्फ उठा पाते, यदि हमें आयकर न देना होता।

लेकिन इससे भी अच्छा एक वाकया हमारे अपने पेनसिल्वेनिया का है। मंच पर खड़े होकर यदि किसी बात का मैं

उसने निश्चय किया कि वह कनाडा में व्यापार करनेवाले अपने चचेरे भाई के लिए कोल-ऑइल की आपूर्ति करेगा, जिसकी उस महाद्वीप पर लोगों ने सबसे पहले खोज की थी। उस शुरुआती दौर में उन्होंने उसे बहती धार में से निकाला।

सबसे अधिक मजा ले सकता हूँ, तो वह है पेनसिल्वेनिया में जर्मन श्रोताओं की उपस्थिति और आज मुझे वह अवसर मिला है। पेनसिल्वेनिया में एक व्यक्ति रहता था, जो अन्य पेनसिल्वेनिया वासियों की ही तरह था, जिसके पास एक फार्म था और उसने उस फार्म के साथ वही किया, जो शायद मैं भी करता, यदि मैं उस फार्म का मालिक होता, उसने उसे बेच दिया, लेकिन उसने फार्म बेचने के पहले अपने लिए रोजगार सुनिश्चित करना तय किया। उसने निश्चय किया कि वह कनाडा में व्यापार करनेवाले अपने चचेरे भाई के लिए कोल-ऑइल की आपूर्ति करेगा, जिसकी उस महाद्वीप पर लोगों ने सबसे पहले खोज की थी। उस शुरुआती दौर में उन्होंने उसे बहती धार में से निकाला। खैर, पेनसिल्वेनिया के इस किसान ने रोजगार के संबंध में अपने चचेरे भाई से पत्र द्वारा संपर्क किया। देखिए मित्रो, यह किसान कतई मूर्ख नहीं था, कतई नहीं। उसने अपना फार्म तब तक नहीं छोड़ा, जब तक कोई दूसरा काम उसके

हाथ में नहीं आ गया। मैंने कई अनाड़ी लोगों की किस्मत के सितारे बुलंद होते देखे हैं, लेकिन मैंने उससे दुर्भाग्यशाली कोई दूसरा व्यक्ति नहीं देखा, जिसने कोई अन्य काम सुरक्षित किए बिना ही पहला काम छोड़ दिया हो। मेरे व्यवसाय के लिए यह विशिष्ट संदर्भ है, हालाँकि अलगाव चाहनेवाले व्यक्ति के लिए उसकी कोई अहमियत नहीं है। जब उसने अपने चचेरे भाई को काम के संबंध में पत्र लिखा, तो उसका इस प्रकार जवाब आया, "मैं तुम्हें यह काम नहीं दे सकता, क्योंकि तुम्हें तेल के व्यापार की कोई जानकारी नहीं है।"

उस किसान ने कहा, "ठीक है, तो मैं इसकी जानकारी हासिल करूँगा" और पूरे समर्पण भाव तथा प्रशंसनीय उत्साह (जो कि टेंपल यूनीवर्सिटी के विद्यार्थियों की विशेषता है) के साथ उसने विषय का अध्ययन आरंभ कर दिया। उसने वहाँ से पढ़ना आरंभ किया, जबसे यह सृष्टि बनी थी, यह संपूर्ण धरती घने वृक्षों से आच्छादित थी और जिनसे कोयला बना। उसने और गहन अध्ययन कर यह जानकारी प्राप्त की कि कोयले की उन पुरानी खानों के

उसने और गहन अध्ययन कर यह जानकारी प्राप्त की कि कोयले की उन पुरानी खानों के समाप्त होने तक कोयले का तेल तैयार हुआ, जिसे पंपों की सहायता से ऊपर खींचा जा सकता था।

समाप्त होने तक कोयले का तेल तैयार हुआ, जिसे पंपों की सहायता से ऊपर खींचा जा सकता था। तत्पश्चात् उसे अपने अध्ययन से यह ज्ञान मिला कि किस प्रकार यह तेल पानी के जीवित स्रोतों में मिलकर सतह पर आ जाता है। उसने इस विषय का और अध्ययन किया, जिससे वह इसके रूप, गंध, स्वाद तथा शुद्धीकरण की प्रक्रिया के बारे में जान पाया। अब उसने अपने चचेरे भाई को पत्र लिखकर कहा, "मैं तेल के व्यापार को समझ गया हूँ।" उत्तर में उसके चचेरे भाई ने लिखा, "ठीक है, तो आ जाओ।"

अब उसने अपने चचेरे भाई को पत्र लिखकर कहा, "मैं तेल के व्यापार को समझ गया हूँ।" उत्तर में उसके चचेरे भाई ने लिखा, "ठीक है, तो आ जाओ।"

काउंटी दस्तावेजों के अनुसार, उसने अपना फार्म 833 डॉलर में बेच दिया। उसके जाते ही फार्म को खरीदनेवाले व्यक्ति ने पशुओं के लिए पानी की व्यवस्था करनी आरंभ कर दी। इस प्रक्रिया में उसने पाया कि उससे पहलेवाला मालिक सालों पहले उस जगह को छोड़कर जा चुका था। अलबत्ता, खलिहान के पीछे बहनेवाली जलधारा पर उसने लकड़ी का तख्ता इस प्रकार रख दिया था कि उसके किनारे पानी की सतह से कुछ इंच ही नीचे थे। ऐसा करने का उसका उद्देश्य यह था कि पानी में जो गंदगी-सी दिखाई दे

रही थी, वह तख्ते के सहारे दूसरी ओर चली जाए और पशु उस गंदगी में अपने नथुने न डालें। वह व्यक्ति, जो कनाडा जा चुका था, उसे स्वयं को भी नहीं पता था कि उस जलधारा में तख्ता रखकर वह तेल के प्रवाह को बाँधे हुए था, जिसकी घोषणा दस साल बाद पेनसिल्वेनिया राज्य के भू-गर्भ शास्त्रियों ने की और बताया कि उस समय उस तेल की कीमत सैकड़ों लाख डॉलर रही होगी और अभी चार साल पहले हमारे भू-गर्भ शास्त्रियों ने इसकी कीमत हजारों लाख डॉलर आँकी है। वह व्यक्ति, जो इस भू-क्षेत्र का स्वामी था, जिस पर अब टाइटसविले शहर और प्लेजेंट विले की घाटियाँ हैं, ने इस विषय के बारे में सृष्टि के आरंभ से लेकर अब तक का पूरा अध्ययन किया। उसने तब तक अध्ययन किया, जब तक कि पूरी जानकारी हासिल नहीं कर ली, तब भी, उसने अपने फार्म को, जैसा कि बताया जाता है, 833 डॉलर में बेच दिया और मैं फिर कहूँगा कि "यह सरासर मूर्खता है।"

मैं एक और दृष्टांत सुनाता हूँ, जो मैंने मैसाच्युसेट्स में देखा। क्षमा कीजिएगा, ऐसा इसलिए भी है क्योंकि मैं भी इसी राज्य का हूँ। मैसाच्युसेट्स का यह नवयुवक मेरे विचार के एक चरण को पूर्ण करता है। उस युवक ने येल महाविद्यालय में खनिज और खनन के बारे में अध्ययन किया और वह इतना कुशल इंजीनियर बन गया कि विश्वविद्यालय प्रशासन ने उसे कक्षाओं में पिछड़े विद्यार्थियों को प्रशिक्षित करने के लिए नियुक्त कर दिया। इस कार्य

> उस युवक ने येल महाविद्यालय में खनिज और खनन के बारे में अध्ययन किया और वह इतना कुशल इंजीनियर बन गया कि विश्वविद्यालय प्रशासन ने उसे कक्षाओं में पिछड़े विद्यार्थियों को प्रशिक्षित करने के लिए नियुक्त कर दिया।

के लिए उसे प्रति सप्ताह 15 डॉलर मिलते थे। जब उसने अपनी स्नातक की शिक्षा पूरी कर ली, तो प्रशासन ने उसका वेतन 15 डॉलर से बढ़ाकर 45 डॉलर प्रति सप्ताह कर दिया और उसे प्रोफेसर के पद पर नियुक्ति का प्रस्ताव दिया और ऐसा होते ही वह सीधे अपने घर अपनी माँ के पास गया।

यदि प्रशासन ने उसका वेतन 15 डॉलर से बढ़ाकर 15.60 किया होता तो शायद वह वहीं टिका रहता और गर्व महसूस करता, किंतु चूँकि एक ही बार में उन्होंने 45 डॉलर कर दिया, तो वह अपनी माँ से बोला, "माँ, मैं 45 डॉलर पर काम नहीं करूँगा। मुझ जैसा तेज दिमाग व्यक्ति 45 डॉलर प्रति सप्ताह पर काम करेगा। हम कैलिफोर्निया चलते हैं। वहाँ सोनी-चाँदी की खानें लेंगे और खूब अमीर हो जाएँगे।"

उसकी माँ ने कहा, "बेटा चार्ली! अमीर होने की अपेक्षा खुश रहना ज्यादा अच्छा है।" चार्ली बोला, "ठीक है, लेकिन खुश रहने के साथ-साथ अमीर होने में क्या बुराई है?" दोनों

अपनी–अपनी जगह सही थे। चूँकि चार्ली उस विधवा स्त्री का इकलौता बेटा था, अतः हमेशा की तरह वह अपनी बात मनवाने में कामयाब रहा।

उन्होंने मैसाच्युसैट्स की अपनी संपत्ति बेच दी तथा कैलिफोर्निया जाने के बजाय विस्कॉन्सिन चले गए, जहाँ उस लड़के को सुपीरियर कॉपर माइनिंग कंपनी में नौकरी मिली, लेकिन 15 डॉलर प्रति सप्ताह पर। हाँ, उसने अपने अनुबंध में एक शर्त अवश्य डाली कि यदि वह कंपनी के लिए किसी खान की खोज करता है तो कंपनी की ओर से उसे कुछ लाभ मिलना चाहिए, परंतु मुझे नहीं लगता कि उसने कोई नई खान खोजी होगी तथा उस कंपनी के शेयर धारकों को गौर से देखने पर लगता कि काश, वह किसी नई खान की खोज कर लेता। मेरे कई मित्र आज यहाँ इसलिए नहीं हैं क्योंकि टिकिट लेने के लिए भी उनके पास पर्याप्त धन नहीं है। उनका पैसा कंपनी में लगा हुआ है, ठीक उस समय से, जबसे यह नौजवान वहाँ नौकरी

यह नवयुवक जब से वहाँ गया, मुझे उसके बारे में ज्यादा कुछ सुनने को नहीं मिला। मुझे यह भी नहीं पता कि वह कोई नई खान खोज पाया या नहीं, लेकिन मुझे नहीं लगता कि वह कोई खान खोज पाया होगा।

खनन, खनिज और खनिजशास्त्र में माहिर वह प्रोफेसर, जो 45 डॉलर प्रतिमाह पर काम नहीं करना चाहता था, उसने अपने घर को बेचने का सौदा अपने ही घर की चाँदी पर बैठकर किया।

कर रहा है। यह नवयुवक जब से वहाँ गया, मुझे उसके बारे में ज्यादा कुछ सुनने को नहीं मिला। मुझे यह भी नहीं पता कि वह कोई नई खान खोज पाया या नहीं, लेकिन मुझे नहीं लगता कि वह कोई खान खोज पाया होगा।

लेकिन मुझे यह मालूम है कि इस पंक्ति का दूसरा सिरा क्या है? वह युवक अपने उस विशाल पुराने घर से बमुश्किल निकला ही था कि उसके नए मालिक ने उस घर के बगीचे में पहले से ही उग रहे आलुओं की खुदाई शुरू कर दी और जब वह आलुओं से भरी टोकरी को भीतर ला रहा था तो वह पत्थरों से बनी चहारदीवारी में बने आने-जाने के संकरे से स्थान पर फँस गई। शायद आप लोगों को जानकारी हो कि मैसाच्युसैट्स में हमारे फार्मों की चाहरदीवारी पत्थरों की ही बनी होती है। वह खींच-तानकर किसी तरह से आलू की भरी टोकरी निकाल ही रहा था कि उसे संकरे निकास मार्ग के दाहिनी ओर चाहरदीवारी के ऊपरी हिस्से के बाहरी कोने में आठ वर्ग इंच का एक टुकड़ा दिखाई दिया, जो स्थानीय चाँदी का था। खनन, खनिज और खनिजशास्त्र में माहिर वह प्रोफेसर,

जो 45 डॉलर प्रतिमाह पर काम नहीं करना चाहता था, उसने अपने घर को बेचने का सौदा अपने ही घर की चाँदी पर बैठकर किया। वह अपने ही घर की चाँदी को पहचान नहीं पाया। वह उस घर में पैदा हुआ, पला-बढ़ा और कितने ही बार उस जगह से, उस पत्थर से रगड़ते हुए आया-गया होगा, फिर भी उसके दिमाग में इस बारे में कोई विचार नहीं आया कि "व्यापार के लिए उसी जगह हजारों डॉलर दबे पड़े हैं।" लेकिन उन्हें पाना उसके नसीब में नहीं था। चाँदी उसके न्यूबरीपोर्ट, मैसाच्युसैट्स के घर में ही थी, परंतु विडंबना यह है कि खनिजशास्त्र का प्रोफेसर होते हुए भी वह यह न जान सका कि चाँदी कहाँ है?

> **मैं एक बार फिर वही देख रहा हूँ, जो पिछले 50 सालों से देखता चला आ रहा हूँ कि लोग वही गलतियाँ दोहरा रहे हैं। कई बार मेरी इच्छा होती है कि मैं युवा लोगों से मिल सकूँ।**

मित्रो! हमें उस पर हँसने की आवश्यकता नहीं है। इस प्रकार की गलतियाँ व्यापक रूप से होती हैं। मुझे कई बार ताज्जुब होता है कि उसे क्या हो गया था? मुझे ठीक से तो नहीं मालूम, लेकिन उत्तरी अमेरिका का होने के कारण मेरा यह अनुमान है कि आज रात वह अँगीठी के पास अपने मित्रों से घिरा हुआ बैठा होगा और वह कुछ इस तरह से अपने मित्रों से कह रहा

> मैं उस युवा के बारे में जानने के लिए बहुत इच्छुक था, जिसके बारे में समाचार-पत्र में यह छपा था कि उसने नॉर्थ कैरोलिना में हीरे की खोज की है। यह अभी तक का खोजा हुआ सबसे शुद्ध हीरा था और इस स्थान के आस-पास इससे पहले कुछ और भी हीरे खोजे गए थे।

होगा, ''क्या तुम लोग फिलाडेल्फिया के कॉनवेल नामक व्यक्ति को जानते हो?''

''हाँ-हाँ बिल्कुल हमने सुना है उनके बारे में।''

''और फिलाडेल्फिया के ही जोन्स नामक व्यक्ति के बारे में?''

''हाँ उनके बारे में भी सुना है।'' फिर जोर-जोर से हँसते हुए, जिसके कारण उसके कंधे भी हिल रहे हैं, वह अपने मित्रों से कहता है, ''अच्छा देखो, उन्होंने भी कमोबेश वही किया, जो मैंने किया था'' और यही बात सारे हास्य को समाप्त कर देती है क्योंकि हमने और आपने भी वही किया है, जो उसने किया था और यदि हम यहाँ बैठकर उस पर हँस सकते हैं तो उसे भी पूरा हक है कि वह दूर बैठे-बैठे हम पर हँस सके। मैं जानता हूँ कि मैंने गलती की है, लेकिन फिर भी उससे कोई फर्क नहीं पड़ता; क्योंकि उपदेश और उसके आचरण की उम्मीद हम एक ही व्यक्ति से तो नहीं कर सकते।

हीरों की खेती

आज जब मैं अपने चारों ओर इस सभा को देखता हूँ तो मुझे ऐसा लगता है कि मैं एक बार फिर वही देख रहा हूँ, जो पिछले 50 सालों से देखता चला आ रहा हूँ कि लोग वही गलतियाँ दोहरा रहे हैं। कई बार मेरी इच्छा होती है कि मैं युवा लोगों से मिल सकूँ। काश, यह अकादमी आज स्कूली बच्चों से भरी होती और मैं उनसे बातचीत कर पाता! ऐसे युवा श्रोताओं को प्राथमिकता देने के पीछे कारण यह है कि वे अपने भीतर किसी पूर्वाग्रह को नहीं पाले होते, वे किसी रीति-रिवाज के बंधन में नहीं बँधे होते, उन्होंने हमारी तरह असफलताओं का सामना नहीं किया होता है, अतः मुझे लगता है कि अपने पास उपलब्ध व्याख्यान से मैं वयस्कों की अपेक्षा उन युवाओं के लिए अपेक्षाकृत अधिक बेहतर कर पाता। फिर भी, मैं अपनी तरफ से आप लोगों के लिए पूरा प्रयास करूँगा। मैं आप लोगों से कहना चाहता हूँ कि जिस फिलाडेल्फिया में आप वर्तमान में रह रहे हैं, वहीं हीरे की खान है। ''ओह'', लेकिन आप लोग तो यह कहेंगे, ''यदि आप यह कहते हैं कि यहाँ कोई भी हीरे की खान अथवा हीरे का क्षेत्र है तो इसका अर्थ है कि आप अपने शहर के बारे में कुछ नहीं जानते।''

मैं उस युवा के बारे में जानने के लिए बहुत इच्छुक था, जिसके बारे में समाचार-पत्र में यह छपा था कि उसने नॉर्थ कैरोलिना में हीरे की खोज की है। यह अभी तक का खोजा हुआ सबसे शुद्ध हीरा था और इस स्थान के आस-पास इससे

> फिलाडेल्फिया के हर स्त्री-पुरुष के पास यहीं पर धन-संपदा प्राप्त करने तथा धनी होने के कई साधन और अवसर उपलब्ध हैं, और जो मैं कह रहा हूँ, उसमें संशय का कोई स्थान नहीं है।

पहले कुछ और भी हीरे खोजे गए थे। मैं खनिजशास्त्र के एक नामी प्रोफेसर के पास गया और उनसे जानना चाहा कि उनकी राय में यहाँ हीरे कैसे आए। उन्होंने हमारे महाद्वीप की भौगोलिक संरचना के मानचित्र को सामने लाकर रखा और बताने लगे कि ये हीरे या तो इस प्रकार के उत्पादन के लिए उपयुक्त धरती की निचली कोयला उत्पादक परत के जरिये ओहियो तथा मिसीसिपी से होते हुए पश्चिम की ओर आए अथवा अधिक संभावना इस बात की है कि वर्जीनिया के रास्ते अटलांटिक महासागर के किनारे तक पूर्व की ओर आए। यह तो तय है कि हीरे वहाँ थे क्योंकि वे वहाँ खोजे भी गए और बेचे भी गए और यह कि वे किसी उत्तरी क्षेत्र से पानी के बहाव से यहाँ तक पहुँचे। फिलाडेल्फिया में हीरे की खान होने की बात को तो वही व्यक्ति प्रमाणित कर सकता है, जो इस पूरी प्रक्रिया से गुजरे। अरे, मित्रो! आप इस बात से इंकार नहीं कर सकते कि आप एक महानतम हीरे की खान पर खड़े हैं, विश्व में हीरा उत्पादन की सर्वाधिक लाभदायक खान।

किंतु यह बात केवल मुझे अपने विचार को समझाने में मदद करती है, जिसे मैं पूरा जोर देकर कहना चाहता हूँ कि भले ही आपके पास वास्तविक हीरे की खान नहीं है; किंतु वास्तव में ऐसी बहुत सी चीजें होंगी, जो आपके लिए लाभकारी हैं। अभी हाल ही में इंग्लैंड में हुई एक दावत में उपस्थित हुई एक अमेरिकन महिला के लिए इंग्लैंड की महारानी द्वारा उनके वस्त्राभूषणों की जैसी सराहना की गई, वैसी अभी तक किसी की नहीं की गई, क्योंकि उन्होंने किसी प्रकार का कोई रत्नजड़ित आभूषण नहीं पहना था। यह किसी तरह से हीरों से छुटकारा पाने जैसा लगता है। आप यदा-कदा फोटो खिंचवाने के लिए या अच्छे लगने के लिए कभी कुछ कीमती रत्न पहन लेते हैं, अन्यथा धन पाने की इच्छा से बाकी को बेच देते हैं।

इस धरती पर आज के फिलाडेल्फिया जैसा अनुकूल कभी कोई शहर नहीं रहा और दुनिया के इतिहास में कहीं ऐसा निर्धन व्यक्ति नहीं हुआ, जिसने बिना पूँजी के शीघ्र ही ईमानदारी से संपन्नता प्राप्त की हो,

तो, अब मैं यह कहना चाहता हूँ कि फिलाडेल्फिया के हर स्त्री-पुरुष के पास यहीं पर धन-संपदा प्राप्त करने तथा धनी होने के कई साधन और अवसर उपलब्ध हैं, और जो मैं कह रहा हूँ,

> **ईमानदारी से पैसा कमाना ही बाइबिल की शिक्षा है। यही कारण है, जो लोग संपन्न हो जाते हैं, देखा जाए तो हमारे समाज में वे ही अधिक ईमानदार मिलेंगे।**

उसमें संशय का कोई स्थान नहीं है। मैं किन्हीं भी परिस्थितियों में आपके सामने इस मंच पर कोई रचना प्रस्तुत करने नहीं आया हूँ। मैं आपको यह बताने आया हूँ कि ईश्वर की दृष्टि में कौन सा सत्य है, जिस पर मैं विश्वास करता हूँ तथा यदि सहज बुद्धि पाने में मेरे जीवन का कोई महत्त्वपूर्ण योगदान रहा है, तो मुझे लगता है कि मैं सही हूँ कि जो भी महिलाएँ तथा सज्जन इस व्याख्यान को सुनने के लिए कठिनाई से पहुँच पाए हैं, उनके पास विस्तृत क्षेत्र में फैले हीरों की तरह समृद्ध होने की अपार संभावनाएँ तथा अवसर हैं। इस धरती पर आज के फिलाडेल्फिया जैसा अनुकूल कभी कोई शहर नहीं रहा और दुनिया के इतिहास में कहीं ऐसा निर्धन व्यक्ति नहीं हुआ, जिसने बिना पूँजी के शीघ्र ही ईमानदारी से संपन्नता प्राप्त की हो, जैसा कि हमारे शहर के व्यक्ति ने किया है। मैं दावा करता हूँ कि यह सत्य है और मैं इसे इसी रूप में स्वीकार करना चाहता हूँ क्योंकि यदि आप यह सोचते हैं कि मैं यहाँ कोई रचना पढ़ने आया हूँ तो बेहतर होता, मैं न ही आता। इस प्रकार की बातों में व्यर्थ गँवाने के लिए मेरे पास वक्त नहीं

है। वक्त है तो ऐसी बातें बताने और सुनाने का, जिन पर मेरा दृढ विश्वास है और जब तक आप लोगों में से कुछ अथवा कई लोग और अधिक संपन्न नहीं हो जाते, तब तक मुझे लगेगा कि आज का दिया हुआ व्याख्यान मेरे लिए महज समय गँवाना ही रहा।

मैं कहता हूँ कि आप लोगों को और संपन्न होना चाहिए, यह आपका कर्तव्य है। मेरे कितने ही धर्मपरायण भाई मुझसे कहते हैं, "ईसाई पादरी होते हुए भी आप गाँव, कस्बों में जा-जाकर युवाओं को पैसा कमाने और अमीर बनने की सलाह देते हैं?"

"हाँ, हाँ, बिल्कुल, मैं ऐसा ही करता हूँ।"

वे कहते, "क्या यह अजीब नहीं है! बाइबिल की शिक्षाओं के उपदेश देने की जगह आप पैसा कमाने की सीख देते हैं?" "क्योंकि ईमानदारी से पैसा कमाना ही बाइबिल की शिक्षा है।" यही कारण है, जो लोग संपन्न हो जाते हैं, देखा जाए तो हमारे समाज में वे ही अधिक ईमानदार मिलेंगे।

> वही मनुष्य सही मायने में मनुष्य है, जिसका स्वयं का आशियाना है और जिनके पास खुद का आशियाना होता है, वही ज्यादा सम्मानित, ईमानदार, सच्चे, किफायती तथा सावधान होते हैं।

लेकिन आज रात यहाँ किसी युवक ने कहा, "मुझे पूरे जीवनकाल में यही बताया गया है कि जिस व्यक्ति

के पास पैसा होता है, वह बेईमान, यशहीन, नीच तथा तिरस्कार योग्य होता है।'' मित्र, शायद यही कारण है कि आपके पास पैसा नहीं है क्योंकि लोगों के बारे में आपके विचार ही कुछ ऐसे हैं। आपके विश्वास का आधार ही पूरी तरह से झूठा है। मैं स्पष्ट तथा संक्षिप्त रूप से यह कहना चाहूँगा, हालाँकि इस चर्चा के लिए मेरे पास समय नहीं है कि अमेरिका में सौ में से अट्ठानवे अमीर ईमानदार ही होते हैं और यही कारण है कि वे अमीर हैं। इसी वजह से पैसे को लेकर उन पर लोगों का विश्वास कायम है। इसी वजह से वे बड़े उद्यम चला रहे हैं और बड़ी संख्या में लोग उनके साथ काम करने को तैयार हैं। सिर्फ एक ही कारण है कि वे ईमानदार लोग हैं।

एक अन्य युवक कहता है, ''मैंने कभी-कभी ऐसा सुना है कि कुछ लोग बेईमानी से लाखों डॉलर कमा लेते हैं।'' हाँ, जैसा आप सुनते हैं, वैसा मुझे भी सुनाई देता है, लेकिन ऐसे प्रकरण इक्का-दुक्का ही होते हैं। असल में ये अखबारवाले इन एक-दो प्रकरणों को ही इतनी बार छापते हैं कि आपको यह लगने लगता है कि बाकी सारे संपन्न लोगों ने भी अपनी संपत्ति बेईमानी से एकत्रित की है।

मित्र, यदि आपके पास कोई वाहन हो तो आप मुझे फिलाडेल्फिया के आस-पास के क्षेत्रों में भ्रमण के लिए ले चलें और उन लोगों से मेरा परिचय कराएँ, जो इस भव्य शहर से सटे

हुए इलाके में स्वयं के घरों में रहते हैं। ऐसे घर, जो फूलों के बगीचों से सुसज्जित हैं, ऐसे भव्य घर, जिनकी कारीगरी कमाल की है। फिर मैं आपका परिचय ऐसे सुदृढ चरित्रवान् लोगों से कराऊँगा, जिनका उद्यम इसी शहर में है। वही मनुष्य सही मायने में मनुष्य है, जिसका स्वयं का आशियाना है और जिनके पास खुद का आशियाना होता है, वही ज्यादा सम्मानित, ईमानदार, सच्चे, किफायती तथा सावधान होते हैं।

किसी व्यक्ति के पास अधिक मात्रा में धन होना कोई असंगत बात नहीं है। हम उपदेश देते हैं लोभ-लालसा न करने की और कई बार हम अपने आसन से 'अपवित्र कमाई' के विरुद्ध इतने लंबे उपदेश दे डालते हैं और ऐसी-ऐसी शब्दावली का प्रयोग कर देते हैं कि एक सामान्य ईसाई यह मान बैठता है कि किसी भी व्यक्ति के पास धन होना ही पाप है, जब तक कि चंदा एकत्र करने की टोकरी को सबके बीच नहीं घुमाया जाता और हम लोगों को अधिक-से-अधिक चंदा देने के लिए कसमें खिलाते हैं। अजीब विरोधाभासी सिद्धांत है।

गरीबों के प्रति सहानुभूति होना ठीक है, किंतु ऐसे गरीबों की संख्या बहुत कम होती है, जिनके प्रति वास्तव में सहानुभूति रखी जाए।

पैसे में ताकत होती है और एक उचित मात्रा में इसको प्राप्त करने की

> यह सही है कि बहुत सी बातों का स्थान धन से ऊँचा है। मृत्यु का सामना हमें अकेले ही करना है और मैं यह जानता हूँ कि इस संसार में कुछ अन्य चीजें भी हैं, जिनका स्थान पैसे से कहीं अधिक उच्च, मधुर और शुद्ध है।

आप में इच्छा होनी ही चाहिए क्योंकि धन की सहायता से आप जितने अच्छे कार्य कर सकेंगे, वे धन के अभाव में नहीं कर सकेंगे। धन की सहायता से ही बाइबिल छपती है, चर्चों का निर्माण होता है, मिशनरियों को विभिन्न स्थानों पर भेजा जाता है, आपके पादरियों को इसी धन से वेतन मिलता है। यदि धन न हो तो यह सब होना कठिन होगा। मैं हमेशा यह चाहता हूँ कि मेरा चर्च मेरा वेतन बढ़ाए क्योंकि जो चर्च अधिकतम वेतन देता है, वही सबसे आसानी से वेतन बढ़ा भी देता है। जिस व्यक्ति को सर्वाधिक वेतन मिलता है, वह अपने पैसे की ताकत से ज्यादा-से-ज्यादा अच्छे कार्य कर सकता है, बशर्ते उसकी अंतरात्मा उसे सही कार्य करने को प्रेरित करे।

अत: मैं फिर कहता हूँ कि आपके पास धन होना चाहिए। यदि फिलाडेल्फिया में रहकर ही आप ईमानदारी से धन प्राप्त कर सकें तो एक ईसाई होने के नाते यह आपका परम कर्तव्य होना चाहिए। ईसाई धर्मपरायण लोगों की विचित्र सोच है कि धार्मिक

होने के लिए गरीब होना ही आवश्यक है। कुछ लोग पूछते हैं, "क्या आपको गरीबों से सहानुभूति नहीं होती?" अवश्य होती है, अन्यथा इतने वर्षों से मैं व्याख्यान न दे रहा होता। गरीबों के प्रति सहानुभूति होना ठीक है, किंतु ऐसे गरीबों की संख्या बहुत कम होती है, जिनके प्रति वास्तव में सहानुभूति रखी जाए। किसी ऐसे व्यक्ति के प्रति सहानुभूति रखना, जिसे ईश्वर की ओर से दंड मिला हो, ईश्वर की योजना में व्यवधान डालना है तथा ऐसा करना उसके दंड को बढ़ाने का कारण भी बन सकता है, जबकि हमें सहानुभूति ईश्वर के ऐसे बंदों के साथ होनी चाहिए, जो स्वयं कुछ कर पाने में सक्षम नहीं हैं। एक बात और ध्यान रखें कि संयुक्त राज्य में कोई भी गरीब ऐसा नहीं है, जो अपने अथवा दूसरों के दोषों के कारण गरीब न हुआ हो। जो भी हो, गरीब होना गलत है। चलिए, अब हम इस चर्चा को बंद कर एक तरफ रखते हैं।

कई लोग ऐसे हैं, जिनका यह मानना है कि गरीबी और दरिद्रता ही धर्मपरायण होने में सहायक होती है, किंतु ऐसा होना कतई आवश्यक नहीं।

तभी पीछे से एक सज्जन उठकर बोलते हैं, "क्या आपको नहीं लगता कि इस संसार में पैसे से बढ़कर कुछ और भी अच्छी चीजें हैं?" हाँ बिल्कुल हैं, लेकिन फिलहाल मैं पैसे पर ही चर्चा कर रहा हूँ। यह सही है

उस समय उसके चेहरे पर संकुचित सामुदायिक घमंड अथवा एक ऐसे व्यक्ति का झूठा घमंड, जिसने धार्मिक ग्रंथ की गलत व्याख्या के आधार पर एक नई ईसाईयत की स्थापना कर दी हो, स्पष्ट झलक रहा था।

कि बहुत सी बातों का स्थान धन से ऊँचा है। मृत्यु का सामना हमें अकेले ही करना है और मैं यह जानता हूँ कि इस संसार में कुछ अन्य चीजें भी हैं, जिनका स्थान पैसे से कहीं अधिक उच्च, मधुर और शुद्ध है। मैं मानता हूँ कि कुछ चीजें सोने से भी मूल्यवान् और भव्य हैं। ईश्वर की बनाई इस धरती पर प्रेम का स्थान सर्वोपरि है, लेकिन वह प्रेमी भाग्यशाली होता है, जिसके पास प्रचुर मात्रा में धन भी हो। धन में शक्ति होती है, जिसे अच्छाई के साथ-साथ बुरे कामों में भी लगाया जा सकता है। भले लोगों के हाथों में यह शक्ति होने पर कई अच्छे कार्य संपन्न किए जा सकते हैं और किए भी जाते हैं।

मुझे इस बात से चिढ़ है कि सद्कार्य संपन्न किए बिना ही मैं मृत्यु को प्राप्त हो जाऊँ। एक बार मैंने अपने शहर की एक प्रार्थना सभा में एक व्यक्ति को ईश्वर को इस बात का धन्यवाद देते हुए सुना कि वह एक गरीब व्यक्ति है। मुझे आश्चर्य है कि उसकी इस बात से उसकी पत्नी क्या सोचती होगी, जो घर-खर्च के लिए सारा

पैसा कमाकर लाती है और वह बरामदे में बैठे-बैठे बीड़ी-सिगरेट पीने में उस कमाई का बड़ा हिस्सा फूँक देता है। मुझे ईश्वर के ऐसे गरीब बंदे अच्छे नहीं लगते। शायद ईश्वर को भी न लगते हों। फिर भी कई लोग ऐसे हैं, जिनका यह मानना है कि गरीबी और दरिद्रता ही धर्मपरायण होने में सहायक होती है, किंतु ऐसा होना कतई आवश्यक नहीं। भले ही हम गरीबों से सहानुभूति रखें, लेकिन बेहतर होगा कि इस प्रकार के सिद्धांतों का प्रचार न करें।

फिर भी, एक ईसाई व्यक्ति (जिसे कोई यहूदी ईश्वरपरायण व्यक्ति कहेगा) द्वारा पैसा कमाए जाने को लेकर एक पूरा कालखंड पूर्वाग्रह से ग्रसित रहा है। यह पूर्वाग्रह काफी व्यापक भी रहा है। मैं वर्षों पहले की एक घटना आप लोगों को सुनाना चाहता हूँ। टेंपल यूनिवर्सिटी के धार्मिक संस्थान का एक युवा छात्र स्वयं को उस विभाग का सर्वाधिक धार्मिक व्यक्ति समझता था। एक शाम वह मेरे कार्यालय में आया और मेरी मेज के नजदीक आकर बैठ गया। वह मुझसे बोला, ''अध्यक्ष महोदय, मुझे लगता

> विश्व के इतिहास में ऐसा पहले कभी नहीं हुआ कि इस धरती के सभी विद्वान् व्यापक रूप से इस बात पर सहमत हुए हों कि बाइबिल सत्य है, पूर्ण सत्य, जैसा कि इस समय आज देखने को मिला।

है कि आपके पास आकर आपके साथ कार्य करना मेरा कर्तव्य है।"

"अब तुम्हें क्या हो गया है?"

वह बोला, "मैंने सुना है कि पियर्स स्कूल के प्रारंभ होने के अवसर पर अकादमी में व्याख्यान देते हुए आपने कहा है कि युवाओं में धन पाने की इच्छा एक सम्मानजनक भावना है और यह कि आप यह सोचते हैं कि इससे युवा संयमित होंगे, अच्छा नाम कमाने के प्रति चिंतित होंगे तथा परिश्रमी बनेंगे। आपने अपने व्याख्यान में कहा कि धन पाने की इच्छा उसे एक सदाचारी व्यक्ति बनाने में सहायक होगी, लेकिन महोदय मैं आपको यह बताने आया हूँ कि बाइबिल कहती है, "धन ही सभी बुराइयों की जड़ है।"

मैंने उससे कहा कि मैंने बाइबिल में ऐसा कुछ कभी नहीं देखा अथवा पढ़ा है और उसे मशविरा दिया कि वह चर्च जाकर बाइबिल लेकर आए और मुझे दिखाए कि ऐसा कहाँ लिखा है, तो वह बाइबिल लेने गया और जल्दी ही खुली बाइबिल के साथ मेरे कार्यालय में आ गया। उस समय उसके चेहरे पर संकुचित सामुदायिक घमंड अथवा एक ऐसे व्यक्ति का झूठा घमंड, जिसने धार्मिक ग्रंथ की गलत व्याख्या के आधार पर एक नई ईसाईयत की स्थापना कर दी हो, स्पष्ट झलक रहा था। उसने बाइबिल मेरी मेज पर रखी और कर्कश स्वर में बोला, "यह देखिए,

अध्यक्ष महोदय। आप स्वयं ही पढ़ लीजिए।'' मैंने कहा ''ठीक है, जवान। यह तो मैंने देख लिया, लेकिन कुछ और वयस्क होने पर ही तुम यह समझ पाओगे कि किसी अन्य संप्रदाय द्वारा की गई बाइबिल की व्याख्या पर विश्वास नहीं किया जा सकता। तुम अलग संप्रदाय के हो तथा अध्यात्म संप्रदाय के पढ़े हुए हो, जो मुख्य रूप से केवल भाष्य पर ही जोर देता है। अब क्या तुम यह बाइबिल यहाँ से ले जाने का कष्ट करोगे? इसे तुम स्वयं ही पढ़ो और इसका समुचित अर्थ निकालो।''

उसने बाइबिल उठाई और बड़े घमंड के साथ यह पढ़ता हुआ चला गया कि ''धन की चाहत ही सभी बुराइयों की जड़ है।''

उसने सही कहा था और जब कोई सीधे ही बाइबिल से कुछ उद्धृत करता है तो वह पूर्ण सत्य ही होता है। मैंने अपने जीवन के पचास वर्ष ऐसे भयंकर संघर्ष में जिए हैं, जिसका वर्णन शायद ही बाइबिल के ओल्ड टेस्टामेंट में हो और मैंने हमेशा इसकी पताका को मुक्त रूप से फहराते हुए देखा है क्योंकि विश्व के इतिहास में ऐसा पहले कभी नहीं हुआ कि इस धरती के सभी

''धन की चाहत सभी बुराइयों की जड़ है।'' जो व्यक्ति शीघ्रता से अथवा बेईमानी से धन पाने की कोशिश करेगा, वह जाल में फँसेगा ही और इसमें कोई संदेह नहीं है।

यह है–धन को आराध्य वस्तु मान लेना और इस प्रकार की आराधना सभी शास्त्रों, यहाँ तक कि मनुष्य की अपनी सहज बुद्धि द्वारा भी निंदनीय है।

विद्वान् व्यापक रूप से इस बात पर सहमत हुए हों कि बाइबिल सत्य है, पूर्ण सत्य, जैसा कि इस समय आज देखने को मिला।

अतः मैं यह कहना चाहता हूँ कि यह उदाहरण देकर उसने पूर्ण सत्य को उद्धृत किया है, "धन की चाहत सभी बुराइयों की जड़ है।" जो व्यक्ति शीघ्रता से अथवा बेईमानी से धन पाने की कोशिश करेगा, वह जाल में फँसेगा ही और इसमें कोई संदेह नहीं है। धन की चाहत। यह क्या है ? यह है—धन को आराध्य वस्तु मान लेना और इस प्रकार की आराधना सभी शास्त्रों, यहाँ तक कि मनुष्य की अपनी सहज बुद्धि द्वारा भी निंदनीय है। जो व्यक्ति धन से पूर्ण होनेवाले उद्देश्यों के बारे में सोचने के बजाय धन की पूजा करता है, जो व्यक्ति धन को ही आराध्य मान लेता है, जो कृपण व्यक्ति कोठरियों में धन का संग्रहण करता है अथवा अपने वस्त्रों में छिपाकर रखता है अथवा सांसारिक हित में उसका निवेश नहीं करता तथा जीवनपर्यंत धन को अपनी छाती से लगाकर रखता है, ऐसे व्यक्ति में सारी बुराइयाँ पाई जाती हैं।

मैं सोचता हूँ कि इस बात को पीछे छोड़कर मैं उस प्रश्न

का उत्तर दूँ, जो लगभग आप सभी लोग पूछ रहे हैं, ''क्या फिलाडेल्फिया में अमीर होने के कोई अवसर हैं?'' तो इस अवसर को ढूँढ़ना बड़ा सहज है और एक बार आपने वह अवसर ढूँढ़ लिया तो वह आपका हो जाएगा। एक बूढ़े सज्जन पीछे से उठ खड़े होते हैं और पूछते हैं, ''मि. कॉनवेल, आप इकत्तीस वर्षों तक फिलाडेल्फिया में रहे हैं। क्या आपको नहीं लगता कि वह समय गया, जब इस शहर में आप कुछ भी हासिल कर सकते थे?''

> यदि आप फिलाडेल्फिया में 20 वर्ष रहकर भी हजार डॉलर से अधिक अर्जित नहीं कर पाए हैं तो ज्यादा अच्छा तो यह होता कि उन्नीस वर्ष और नौ माह पूर्व ही यह शहर आपको धक्के देकर बाहर निकाल देता।

''नहीं, मुझे तो ऐसा नहीं लगता।''

''ऐसा ही है, मैंने आजमाकर देखा है।''

''आप किस व्यापार में हैं?''

''पिछले बीस वर्षों से यहाँ मेरा एक स्टोर है, और इन पूरे बीस वर्षों में मैं एक हजार डॉलर से अधिक कभी भी नहीं कमा पाया।''

फिर तो, इस शहर के लिए आप कितने अच्छे और उपयोगी रहे हैं, इस बात का आकलन आप इस तरह कर सकते हैं कि इस शहर ने आपको इसकी क्या कीमत अदा की क्योंकि

कोई मुझसे कहता है, "आपको व्यापार के बारे में कुछ नहीं मालूम। एक धर्मोपदेश देनेवाला व्यक्ति व्यापार के बारे में कभी कुछ नहीं जानता।"

कोई भी व्यक्ति अपनी योग्यता को तभी परख सकता है, जब वह यह जाने कि उसके बदले में वह क्या प्राप्त कर रहा है अर्थात् वर्तमान में वह इस संसार के लिए क्या अहमियत रखता है? यदि आप फिलाडेल्फिया में 20 वर्ष रहकर भी हजार डॉलर से अधिक अर्जित नहीं कर पाए हैं तो ज्यादा अच्छा तो यह होता कि उन्नीस वर्ष और नौ माह पूर्व ही यह शहर आपको धक्के देकर बाहर निकाल देता। फिलाडेल्फिया में ऐसे किसी भी व्यक्ति को ऐसा स्टोर चलाने का अधिकार नहीं है, जो बीस वर्ष में कम-से-कम पाँच-सौ हजार डॉलर न कमा पाए, भले ही उसकी नुक्कड़ पर छोटी सी दुकान ही क्यों न हो। आप कहते हैं कि आप अपने स्टोर से पाँच हजार डॉलर नहीं कमा सकते। अरे मित्रो! यदि आप अपने आस-पास के केवल चार ब्लॉक में रहनेवाले लोगों की जरूरतों का अध्ययन कर लें तथा उनकी आवश्यकताओं के अनुरूप वस्तुओं की आपूर्ति करते रहें तो आपके लाभ का आँकड़ा जल्दी ही ऊपर पहुँच जाएगा, यह बात आप स्वयं देखेंगे। धन आपकी व्यक्तित्व योग्यता में ही निहित है।

कोई मुझसे कहता है, "आपको व्यापार के बारे में कुछ नहीं

मालूम। एक धर्मोपदेश देनेवाला व्यक्ति व्यापार के बारे में कभी कुछ नहीं जानता।'' ठीक है, तब तो मुझे यह साबित करना ही होगा कि मैं इस क्षेत्र में भी विशेषज्ञ हूँ, हालाँकि यह (व्यापार) मुझे पसंद नहीं है, फिर भी मुझे करना ही पड़ेगा क्योंकि विशेषज्ञता न होने पर लोगों को मेरी बात पर यकीन नहीं होगा। गाँव में मेरे पिता की एक छोटी सी दुकान थी और इस आसमान तले हर प्रकार के व्यापारिक लेन-देन के अनुभव प्राप्त करने का यदि कोई स्थान है, तो वह है—गाँव-कस्बे की छोटी दुकान। मैं अपने प्राप्त अनुभवों पर गौरवान्वित नहीं हूँ, लेकिन कभी-कभी ऐसे मौके आते थे, जब पिताजी को दुकान की जिम्मेदारी मुझे सौंपकर कहीं जाना पड़ता था, लेकिन उनके लिए यह सौभाग्य की बात थी कि ऐसे मौके यदा-कदा ही आते थे, लेकिन मित्रो, यह घटना कई बार हुई, एक व्यक्ति दुकान पर आता और मुझसे पूछता, ''आपके पास जैक नाइफ है?'' ''नहीं, हम जैक नाइफ नहीं रखते'', मैं ऐसा कहकर बेपरवाह तरीके से सीटी बजाता हुआ दुकान के अंदर चला जाता और सोचता भला मैं

गाँव में मेरे पिता की एक छोटी सी दुकान थी और इस आसमान तले हर प्रकार के व्यापारिक लेन-देन के अनुभव प्राप्त करने का यदि कोई स्थान है, तो वह है—गाँव-कस्बे की छोटी दुकान।

जो व्यक्ति यह कहता है, कि मैं अपने धर्म को व्यापार से दूर रखता हूँ, वह यह दरशाता है कि या तो वह व्यापार करने में अशक्त है अथवा दिवालिएपन की ओर अग्रसर है, अथवा चोर है।

इस आदमी की परवाह क्यों करूँ?

उसके जाने के बाद एक और किसान आया और बोला, "आपके पास जैक नाइफ है?" "नहीं, हम जैक नाइफ नहीं रखते", यह कहकर मैं लापरवाही से नई धुन में सीटी बजाता हुआ वहाँ से हट गया। फिर तीसरा आदमी भी आया और वही सवाल किया, "क्या आपकी दुकान में जैक नाइफ है?" "नहीं है। यहाँ हर आदमी जैक नाइफ ही क्यों माँग रहा है? आप लोगों को क्या लगता है कि हमने ये दुकान सारे आस-पड़ोस को जैक नाइफ की आपूर्ति करने के लिए खोल रखी है?" क्या आप भी फिलाडेल्फिया में अपना स्टोर ऐसे ही चलाते हैं? मेरे साथ उस समय परेशानी यह थी कि मैं उस उम्र में इस बात को नहीं जान पाया था कि ईश्वर की भक्ति के आधार तथा व्यापार में सफलता के आधारभूत सिद्धांत ठीक एक जैसे होते हैं।

जो व्यक्ति यह कहता है, कि मैं अपने धर्म को व्यापार से दूर रखता हूँ, वह यह दरशाता है कि या तो वह व्यापार करने में अशक्त है अथवा दिवालिएपन की ओर अग्रसर है, अथवा चोर

है। यह मेरा दावा है कि उसकी हैसियत इन तीनों में से एक होगी। कुछ ही वर्षों में वह असफल हो जाएगा। यदि वह व्यापार में धर्म का पालन नहीं करेगा तो निश्चित ही असफल होगा। यदि मैंने ईसाई होने के नाते धार्मिक भाव से अपने पिता की दुकान चलाई होती तो मैंने तीसरे व्यक्ति को जैक नाइफ उपलब्ध कराने का प्रयास किया होता। वास्तव में, यह मेरे द्वारा उसके प्रति किया गया उपकार होता, जिसका मुझे पुरस्कार मिलता, जिसे पाना मेरा कर्तव्य होता।

कुछ आवश्यकता से अधिक धार्मिक ईसाइयों का मानना है कि यदि किसी वस्तु को बेचकर पर आपने कुछ लाभ कमा लिया है तो आप दुराचारी हैं। इसके विपरीत मेरा मानना है कि यदि आप किसी सामान को उसके लागत मूल्य से भी कम पर बेचते हैं, तो आप अपराधी हैं। ऐसा करने का आपको कोई अधिकार नहीं है। जो व्यक्ति अपना पैसा नहीं सँभाल सकता, उस पर आप यह विश्वास कैसे कर सकते हैं कि वह आपका पैसा सँभाल सकता है। आप अपने परिवार के उस व्यक्ति पर विश्वास नहीं कर सकते, जो अपनी ही पत्नी के प्रति वफादार न हो। इस दुनिया में आप उस व्यक्ति

> **'जियो और जीने दो' का सिद्धांत ईसा मसीह के उपदेशों से निकलकर आता है और यह हमारे दैनिक जीवन में भी लागू होता है।**

'जियो और जीने दो' का सिद्धांत ईसा मसीह के उपदेशों से निकलकर आता है और यह हमारे दैनिक जीवन में भी लागू होता है। अरे, मेरे नौजवान मित्र! मेरी बात सुनो, उम्र के साथ-साथ जीवन को जीते जाओ।

पर विश्वास नहीं कर सकते, जो स्वयं अपने दिल से, अपने चरित्र से, अपने जीवन से शुरुआत न करे। उस समय यह मेरा कर्तव्य था कि मैं कम-से-कम दूसरे नहीं, तो तीसरे व्यक्ति को तो जैक नाइफ उपलब्ध कराता और उसे बेचकर वास्तव में मैं अपने लिए मुनाफा कमाता। मुझे सामान को बिना किसी लाभ के बेचने का कोई अधिकार नहीं है, उसी प्रकार किसी सामान को बेईमानी से अनाप-शनाप कीमत पर बेचकर लाभ कमाना भी गलत है। हमें अपना सामान ऐसी कीमत पर बेचना चाहिए, जिससे खरीदनेवाला भी संतुष्ट हो और बेचनेवाला भी।

'जियो और जीने दो' का सिद्धांत ईसा मसीह के उपदेशों से निकलकर आता है और यह हमारे दैनिक जीवन में भी लागू होता है। अरे, मेरे नौजवान मित्र! मेरी बात सुनो, उम्र के साथ-साथ जीवन को जीते जाओ। जीवन का आनंद लेने के लिए मेरी उम्र तक पहुँचने की प्रतीक्षा मत करो। अब तक के वर्षों में मैंने जितना भी कमाने का प्रयास किया, उतना सारा या उसका आधा भी

धन मुझे आज मिल जाए तो वह उस अच्छाई और खुशी के सामने कुछ भी नहीं है, जो मुझे आज रात आप सबके बीच होने में मिल रही है। और हाँ, वर्षों से मेरा भरपूर प्रयास रहा है कि मैं लोगों के बीच लाभ को बाँटता रहूँ और आज मुझे लग रहा है कि उसका कई गुना प्रतिफल मुझे मिल रहा है। शायद मुझे ऐसा नहीं बोलना चाहिए, क्योंकि इससे अहंकार प्रदर्शित होता है, किंतु अब मैं इतना उम्रदराज तो हो गया हूँ कि मेरी यह बात माफ कर दी जाए। मुझे अपने साथ के लोगों की सहायता करनी चाहिए और ऐसा करने का मैंने सदैव प्रयास किया है और सभी को ऐसा ही करके उससे प्राप्त होनेवाले सुख का अनुभव करना चाहिए। यदि कोई व्यक्ति दिनभर के बाद अपने मन में यह भाव लेकर जाए कि उसने आज फलाँ व्यक्ति का एक डॉलर चुरा लिया अथवा किसी की ईमान की कमाई छीन ली तो वह चैन की नींद नहीं सो पाएगा। सुबह भी वह थका हुआ ही उठेगा और अपने अगले दिन के कार्य पर भी दूषित विवेक से ही जाएगा। वह व्यक्ति भले ही लाखों कमा ले, लेकिन सफल बिल्कुल भी नहीं कहलाएगा, लेकिन जो

मुझे अपने साथ के लोगों की सहायता करनी चाहिए और ऐसा करने का मैंने सदैव प्रयास किया है और सभी को ऐसा ही करके उससे प्राप्त होनेवाले सुख का अनुभव करना चाहिए।

> **जो व्यक्ति जीवन भर अपने साथवालों के साथ मिल-बाँट कर चलता है, अपने हक का लाभ अधिकारपूर्वक कमाने के साथ-साथ औरों को भी उनके हक का लाभ कमाने देता है, वह प्रतिदिन सुखपूर्वक जीता है।**

व्यक्ति जीवन भर अपने साथवालों के साथ मिल-बाँट कर चलता है, अपने हक का लाभ अधिकारपूर्वक कमाने के साथ-साथ औरों को भी उनके हक का लाभ कमाने देता है, वह प्रतिदिन सुखपूर्वक जीता है। सिर्फ इतना ही नहीं, महती संपदा प्राप्त करने का यही उत्तम मार्ग है। अब तक के इतिहास में हजारों करोड़पतियों के मामले में ऐसा ही देखने में आया है।

उधर, वह व्यक्ति, जो यह कह रहा था कि फिलाडेल्फिया की दुकान से वह कुछ कमा नहीं सका, निश्चित ही वह अपनी दुकान गलत सिद्धांतों पर चला रहा होगा। मान लीजिए, मैं कल सुबह आपकी दुकान में आऊँ और पूछूँ, "क्या आप यहाँ से एक चौराहा छोड़कर 1240 नंबर में रहनेवाले अमुक पड़ोसी को जानते हैं?" "हाँ, हाँ, मैं उससे मिला हूँ। यहीं नुक्कड़ में उसकी दुकान है।" "वह कहाँ का है?" "मुझे नहीं मालूम।" "उसके परिवार में कितने सदस्य हैं?" "मुझे नहीं पता।" "उसने किसे वोट दिया है?" "मैं नहीं जानता", "वह किस चर्च में जाता

है?" "न मुझे मालूम है और न इस बात की परवाह है। आप ये सारे प्रश्न क्यों पूछ रहे हैं?"

यदि फिलाडेल्फिया में आपका स्टोर हो तो क्या आप मुझे इस प्रकार के जवाब देंगे? यदि ऐसा होगा तो इसका मतलब है कि आप अपना व्यापार उसी बेपरवाही से कर रहे हैं, जैसे पिताजी की अनुपस्थिति में मैं वर्थिंगटन, मैसाच्युसैट्स में किया करता था। आपको यह नहीं मालूम कि आपका पड़ोसी फिलाडेल्फिया में कहाँ से आया है और आपको इसकी कोई परवाह भी नहीं है। यदि आपने परवाह की होती तो अब तक काफी धनी हो गए होते। यदि आपने उसके कार्यकलापों में रुचि ली होती, उसकी आवश्यकताओं को जानने की कोशिश की होती तो अब तक आप धनी होते, लेकिन आप हैं कि दुनिया भर में गाते फिर रहे हैं कि "अमीर होने के अवसर नहीं हैं", जबकि गलती स्वयं आपकी ही है।

तभी एक दूसरा युवक उठ खड़ा होता है और कहता है, "मैं व्यापार नहीं कर सकता।" (यहाँ व्यापार से मेरा तात्पर्य हर प्रकार

> **"मैं व्यापार नहीं कर सकता।" (यहाँ व्यापार से मेरा तात्पर्य हर प्रकार के व्यवसाय से है।) "तुम व्यापार क्यों नहीं कर सकते?" "क्योंकि मेरे पास कोई पूँजी नहीं है।"**

> जिस क्षण किसी युवक अथवा युवती को अपनी व्यक्तिगत योग्यता अथवा अनुभव से अधिक धन प्राप्त हो जाता है, वही क्षण उसके लिए शापित होता है। बच्चों को पैतृक धन प्राप्त होना या बच्चों के लिए ढेर सारी संपत्ति छोड़ जाना उनके किसी काम का नहीं होता।

के व्यवसाय से है।) "तुम व्यापार क्यों नहीं कर सकते?" "क्योंकि मेरे पास कोई पूँजी नहीं है।" मुझे तरस आता है ऐसे कमजोर और छैला प्रकृति के लोगों पर, जिनकी नजर अपने अलावा कहीं और नहीं जाती। इस प्रकार के लोग किसी नुक्कड़-चौराहे पर इकट्ठे होकर इस प्रकार की बातें करते हुए पाए जा सकते हैं, "काश, मेरे पास बड़ी पूँजी होती तो मैं कितना अमीर हो जाता!" "नौजवान, क्या तुम्हें ऐसा लगता है कि सिर्फ पूँजी के बल पर तुम अमीर हो जाते?" "बिल्कुल", लेकिन मैं कहता हूँ, "निश्चित रूप से बिल्कुल नहीं।" मान लीजिए, आपकी माँ के पास ढेर सारी पूँजी है तथा उस पूँजी से वह आपका व्यापार स्थापित कर देती है, तो एक दृष्टिकोण से देखा जाए तो आपने अपनी माँ को ही पूँजी आपूर्ति के व्यापार में स्थापित किया है।

जिस क्षण किसी युवक अथवा युवती को अपनी व्यक्तिगत

योग्यता अथवा अनुभव से अधिक धन प्राप्त हो जाता है, वही क्षण उसके लिए शापित होता है। बच्चों को पैतृक धन प्राप्त होना या बच्चों के लिए ढेर सारी संपत्ति छोड़ जाना उनके किसी काम का नहीं होता। इसकी जगह यदि आप बच्चों को अच्छी शिक्षा, अच्छे संस्कार, अच्छा चरित्र, अच्छी मित्र मंडली तथा सम्मानजनक नाम दें तो यह संपत्ति छोड़कर जाने से कहीं अधिक अच्छा होगा। यदि आप उनके लिए ढेर साधन छोड़कर जाते हैं तो यह उनके साथ-साथ राष्ट्र के लिए भी अहितकर होगा। अरे नौजवान, यदि तुम्हें पैतृक संपत्ति मिल भी रही है, तो तुम इसे मददगार मत समझो। यह वर्षों तक तुम्हारे लिये अभिशाप बन सकती है और हो सकता है कि तुम मानव जीवन की बहुत सी अच्छी बातों, अच्छे पलों का आनंद उठाने से वंचित रह जाओ। आज, हमारी पीढ़ी के धनाढ्यों की अनुभवहीन औलादों से अधिक दयनीय स्थिति और किसी वर्ग की नहीं है। अमीर आदमी के बेटे पर मुझे दया आती है। वह जीवन की उत्तम बातों के बारे में कभी जान ही नहीं पाता। हमारे जीवन की उत्तम बातों में किसी युवक का स्वयं आजीविका का

यह वर्षों तक तुम्हारे लिये अभिशाप बन सकती है और हो सकता है कि तुम मानव जीवन की बहुत सी अच्छी बातों, अच्छे पलों का आनंद उठाने से वंचित रह जाओ।

> "मेरी माँ ने यह दिया, मेरी माँ ने वह दिया" और यह सुनते-सुनते शायद दुल्हन को भी लगने लगता हो कि वह उसकी माँ से ही शादी कर लेती। मुझे दया आती है ऐसे धनाढ्यों के बेटों पर।

उपार्जन करना, किसी प्यारी-सी युवती को अपनाना तथा अपना एक आशियाना बसाना है और तब उस प्रेम से उसे कुछ और अच्छे कार्य करने की दैवीय प्रेरणा प्राप्त होती है, जिसके लिए वह और धन प्राप्त करने के प्रयास करता है। वह अपनी बुरी आदतों को छोड़ने लगता है तथा अपना धन बैंक में जमा करने लगता है। जब उसके पास कुछ सैकड़ा डॉलर इकट्ठे हो जाते हैं तो वह शहर के आस-पास के क्षेत्रों में अपने लिए घर की तलाश शुरू कर देता है। बैंक में जमा अपने पैसों की मदद से वह घर खरीदता है, उसके बाद वह विवाह करता है। उसकी नई-नवेली दुल्हन जब उस घर की चौखट पर पहला कदम रखती है, तब वह भावपूर्ण शब्दों में, जिसे मेरी आवाज शायद छू भी नहीं सकती, कहता है, "यह घर मेरी अपनी कमाई का है। यह सब मेरा अपना है, जिसे मैं केवल तुम्हारे साथ साझा करूँगा।" मानव हृदय के लिए यह अभूतपूर्व भव्यतम क्षण होता है।

लेकिन एक अमीर आदमी का बेटा इसका कभी अनुभव नहीं कर पाता। बहुत संभव है कि वह अपनी दुल्हन को महलनुमा

आलीशान घर में प्रवेश कराए, लेकिन सारा समय वह उससे यही कहने को विवश होगा कि ''मेरी माँ ने यह दिया, मेरी माँ ने वह दिया'' और यह सुनते-सुनते शायद दुल्हन को भी लगने लगता हो कि वह उसकी माँ से ही शादी कर लेती। मुझे दया आती है ऐसे धनाढ्यों के बेटों पर।

मैसाच्युसैट्स के आँकड़े बताते हैं कि सत्रह धनी लोगों के बेटों में से एक भी ऐसा नहीं, जो अपने जीवन के अंत तक कंगाल न हुआ हो। मुझे दया आती है अमीरों के बेटों पर, बशर्ते उनमें वैंडरबिल्ट जैसी सद्‌बुद्धि हो, जो बहुत ही कम देखने में आती है। वह (वैंडरबिल्ट) अपने पिता के पास गया और बोला, ''क्या आपने अपना सारा पैसा खुद कमाया है?''

''हाँ, बेटा! मैंने एक बड़ी नाव पर पच्चीस सेंट प्रतिदिन के वेतन पर काम करना शुरू किया था।'' बेटे ने कहा, ''फिर मैं भी आपका पैसा नहीं लूँगा'' और यह कहकर वह भी शनिवार की रात एक नाव पर रोजगार की तलाश में निकल पड़ा। वहाँ तो उसे कोई काम तो नहीं मिला, किंतु एक जगह उसे तीन डॉलर प्रति सप्ताह की नौकरी मिल गई। निश्चित ही, यदि अमीर आदमी का बेटा इस प्रकार कार्य करेगा तो वह एक गरीब लड़के की तरह ही अनुशासित आचरण करेगा, जो किसी भी व्यक्ति के लिए विश्वविद्यालय की उपाधि से बड़ी शिक्षा है। तभी वह अपने पिता की लाखों की संपत्ति की देखभाल करने के काबिल बनेगा, लेकिन सिद्धांततः अमीर लोग

> वह बोला, "उनके लिए गाड़ी चलाना तो दूर की बात है, उन्हें तो शायद यह भी ठीक से न पता हो कि स्वयं गाड़ी का दरवाजा खोलकर बाहर कैसे निकला जाता है?"

अपने बेटों को ऐसा काम नहीं करने देते कि वे महान् बन सकें। सैद्धांतिक तौर पर अमीर व्यक्ति अपने बेटे को अपने बलबूते पर काम ही नहीं करने देता और उसकी माँ! उसके लिए तो उसकी सामाजिक प्रतिष्ठा पर बड़ा सा प्रश्न चिह्न लग जाएगा, यदि उसका कोमल-सी उँगलियोंवाला सुकुमार बेटा अपनी आजीविका के लिए कठोर परिश्रम करे। मुझे ऐसे अमीर पुत्रों पर कोई दया नहीं आती।

मैं नियाग्रा फॉल्स के पास मिले एक ऐसे ही व्यक्ति को जानता हूँ। मुझे लगता है कि उस पार्टी में शरीक हुए कई महानुभाव आज यहाँ भी उपस्थित हैं और मैं उन लोगों से क्षमा चाहता हूँ, जो उस व्यक्ति के मित्र हैं। फिलाडेल्फिया की एक पार्टी में, मेरी ठीक बगल में एक सहृदय नवयुवक बैठा हुआ था। वह मुझसे बोला, "मि. कॉर्नवेल, दो-तीन वर्षों से आपका स्वास्थ्य ठीक नहीं चल रहा है, अतः मेरी लिमोजिन गाड़ी आपको आपके ब्रॉड स्ट्रीट स्थित घर तक छोड़ आएगी।" मैंने उसे इस भाव के लिए धन्यवाद दिया और शायद मुझे इस प्रकार यह घटना सार्वजनिक रूप से नहीं बतानी चाहिए, किंतु मैं यहाँ केवल तथ्यों का अनुसरण कर रहा

हूँ। बाहर जाकर मैं उसकी लिमोजिन में ड्राइवर के साथवाली सीट पर बैठ गया और जब हम रास्ते में जा रहे थे तो मैं ड्राइवर से पूछ बैठा, "इस लिमोजिन की कीमत क्या है?" "छह हजार आठ सौ जिस पर उन्हें ड्यूटी भी चुकानी थी।" मैंने कहा, "अच्छा, तो क्या मालिक खुद भी कभी गाड़ी चलाते हैं?" मेरा इतना पूछना था कि ड्राइवर की हँसी छूट पड़ी। वह इतना हँसा, इतना हँसा कि गाड़ी पर से उसका नियंत्रण हट गया और गाड़ी फुटपाथ पर चढ़ गई तथा एक लैंप पोस्ट का चक्कर लगाकर फिर सड़क पर आ पाई। सड़क पर आने के बाद भी पूरी गाड़ी उसकी हँसी से गूंज रही थी। वह बोला, "उनके लिए गाड़ी चलाना तो दूर की बात है, उन्हें तो शायद यह भी ठीक से न पता हो कि स्वयं गाड़ी का दरवाजा खोलकर बाहर कैसे निकला जाता है?"

अब मैं नियाग्रा फॉल्स के एक धनाढ्य के बेटे के बारे में आप सबको बताता हूँ। मैं एक व्याख्यान देकर अपने होटल लौटा था और जैसे ही मैं स्वागत काउंटर पर पहुँचा, वहाँ पहले से ही न्यूयॉर्क के एक अमीर व्यक्ति का बेटा खड़ा हुआ था। वह मानवीय रचना का एक बेढब नमूना था, जिसके नख-शिख का वर्णन करना भी कठिन है। वह सिर पर एक तिरछी टोपी रखे हुए था, जिसमें सुनहरा फुँदना लटक रहा था तथा सोने से मढ़े हुए सिरेवाली एक छड़ी अपने बाजू के नीचे दबाए हुए था, जिसमें शायद उस सुनहरे फुँदने से ज्यादा सोना रहा होगा। वह एक काला चशमा पहने हुए था और

यह मानवरूपी झींगुर क्लर्क की डेस्क पर उसी समय आया, जब मैंने प्रवेश किया तथा प्रकाश के प्रवेश पर पूरी तरह से रोक लगानेवाले अपने चश्मे को दुरुस्त करते हुए उसने अत्यंत विकट उच्चारण का प्रयोग करते हुए क्लर्क से कुछ कागजों तथा लिफाफों की माँग की।

मुझे नहीं लगता कि उसे उसके आर-पार कुछ भी दिखाई दे रहा होगा। वह अच्छी ब्रांड के चमड़े के जूते पहने था, जिससे उसे चलने में भी परेशानी हो रही थी। चुस्त पतलून, जिसे पहने हुए वह बैठने की सोच भी नहीं सकता था। कुल मिलाकर उसका लिबास ऐसा था, जैसे किसी बिजूखे को खड़ा कर दिया हो। यह मानवरूपी झींगुर क्लर्क की डेस्क पर उसी समय आया, जब मैंने प्रवेश किया तथा प्रकाश के प्रवेश पर पूरी तरह से रोक लगानेवाले अपने चश्मे को दुरुस्त करते हुए उसने अत्यंत विकट उच्चारण का प्रयोग करते हुए क्लर्क से कुछ कागजों तथा लिफाफों की माँग की। होटल के क्लर्क ने अपनी त्वरित बुद्धि से उसकी बात को समझकर मेज की दराज में से कागज और लिफाफे निकालकर उसके सामने डेस्क पर रख दिए और अपना काम करने लगा। जिस समय वे कागज और लिफाफे उस युवक के सामने पड़े थे, उस समय उसकी स्थिति एवं

हाव-भाव देखने योग्य थे। वह जल्दी-जल्दी खानेवाली टर्की चिड़िया की तरह गुस्से से फूल गया और उस क्लर्क पर चिल्लाया कि वह दूसरी डेस्क तक उसके कागज तथा लिफाफे पहुँचाने के लिए किसी नौकर को भेज दे। मुझे उस तुच्छ, घिनौने अमेरिकन बंदर पर और उसकी अक्षमता पर तरस आ रहा था कि वह बीस फीट की दूरी के लिए भी अपने कागज स्वयं नहीं पकड़ सकता था। मुझे लगता है कि ऐसा करने के लिए उसे अपने हाथ सीधे करने में तकलीफ होती। इस प्रकार के हास्यास्पद प्रकृति के लोगों पर मुझे दया नहीं आती। नौजवान, तुम्हारे पास पूँजी नहीं है, मुझे इस बात की प्रसन्नता है। तुम्हें सहज बुद्धि की आवश्यकता है, सिक्कों की नहीं।

हास्यास्पद प्रकृति के लोगों पर मुझे दया नहीं आती। नौजवान, तुम्हारे पास पूँजी नहीं है, मुझे इस बात की प्रसन्नता है। तुम्हें सहज बुद्धि की आवश्यकता है, सिक्कों की नहीं।

मैं आप लोगों के लिए सबसे अच्छा कार्य यह कर सकता हूँ कि मैं आपके समक्ष कुछ वास्तविक तथ्यों के उदाहरण प्रस्तुत करूँ, जिनसे आप भी भलीभाँति परिचित होंगे। न्यूयॉर्क में ए.टी. स्टुअर्ट नाम के एक गरीब लड़के के पास अपने जीवन की शुरुआत करने के लिए मात्र 1.50 डॉलर थे। उसमें से सत्तासी सेंट उसने अपने पहले ही जोखिम में गँवा दिए। वह युवा बड़ा

> **इस घटना के अध्ययन से एक बात स्पष्ट है कि जीवन में आप किसी भी क्षेत्र या व्यवसाय में हों, उसकी सफलता का एक ही रहस्य है, माँग के अनुरूप आपूर्ति। अपनी पूँजी का निवेश वहीं करें, जहाँ इसकी सर्वाधिक माँग हो।**

भाग्यशाली होता है, जो जुए का पहला दाँव ही हार जाता है। उस दिन से उस लड़के ने व्यापार में कभी दाँव न लगाने की कसम खा ली और फिर उसने दोबारा ऐसा कभी नहीं किया। उसने अपने सत्तासी सेंट किस प्रकार गँवाए, शायद यह कहानी आप सबको पता होगी। उसने कुछ सूई, धागे और बटन लाभ पर बेचने के लिए खरीद लिये, लेकिन जब वह उन्हें बेचने के लिए निकला तो पाया कि लोगों को उनकी आवश्यकता ही नहीं थी। इस प्रकार उसके द्वारा निवेशित सारा धन बेकार हो गया। इस घटना के बाद उस लड़के ने स्वयं से वादा किया कि भविष्य में वह इस तरह से अपना एक भी पैसा बरबाद नहीं होने देगा। इसके बाद घर-घर घूमकर उसने लोगों से उनकी आवश्यकताओं के बारे में जानकारी जुटानी शुरू की। जब उसने यह जानकारी जुटा ली, तब बचे हुए त्रेसठ सेंट से उसने लोगों की आवश्यकतानुसार वस्तुओं की आपूर्ति की। इस घटना के अध्ययन से एक बात स्पष्ट है कि जीवन में आप

किसी भी क्षेत्र या व्यवसाय में हों, उसकी सफलता का एक ही रहस्य है, माँग के अनुरूप आपूर्ति। अपनी पूँजी का निवेश वहीं करें, जहाँ इसकी सर्वाधिक माँग हो। ए.टी. स्टुअर्ट उसी सिद्धांत पर चला और चार करोड़ डॉलर की संपत्ति का मालिक बन गया, जिसमें वह न्यूयॉर्क में स्थित वह स्टोर भी है, जिसमें मि. वानामेकर अपने महान् काम को संचालित कर रहे हैं। उन्होंने अपना सबकुछ गँवाकर यह सबक सीखा कि अपना या अपने धन का निवेश उसी वस्तु में करना चाहिए, जिसकी लोगों को आवश्यकता हो और इस सबक से उसने इतनी संपत्ति बना ली। आप सेल्समैन लोग यह बात कब सीखेंगे? आप निर्माता लोग ये बात कब सीखेंगे कि जीवन में सफलता पाने के लिए मानव जीवन की बदलती हुई आवश्यकताओं की जानकारी प्राप्त करना जरूरी है? मेरा आप सभी ईसाई बंधुओं से, चाहे वे निर्माता हों, व्यापारी हों अथवा कामगार, यही कहना है कि मानवीय आवश्यकताओं को समझने

मेरा आप सभी ईसाई बंधुओं से, चाहे वे निर्माता हों, व्यापारी हों अथवा कामगार, यही कहना है कि मानवीय आवश्यकताओं को समझने का प्रयास करें। यह एक महान् सिद्धांत है, जो मानवता जितना विस्तृत एवं धर्मग्रंथों जितना गंभीर है।

का प्रयास करें। यह एक महान् सिद्धांत है, जो मानवता जितना विस्तृत एवं धर्मग्रंथों जितना गंभीर है।

अब तक का जो सबसे अच्छा दृष्टांत मैंने सुना है, वह जॉन जैकब एस्टर का है। आप जानते होंगे कि न्यूयॉर्क में रहकर उसने एस्टर परिवार के लिए काफी धन अर्जित किया। एक समय था, जब वह उधार लेकर समुद्र यात्रा करके यहाँ आया था, लेकिन जेब से खाली उस गरीब ने केवल एक सिद्धांत पर ही एस्टर परिवार के लिए अकूत संपत्ति एकत्रित कर ली। यहाँ उपस्थित कुछ युवक यह भी कह सकते हैं कि "न्यूयॉर्क में लोग इस तरह से धन अर्जित कर सकते हैं, लेकिन फिलाडेल्फिया में नहीं।" मित्रो, आपने कभी रीज (हाल ही में उनकी मृत्यु होने के कारण अब वे हमारी सुखद स्मृतियों में हैं) की वह चमत्कारी पुस्तक पढ़ी है, जिसमें उन्होंने वर्ष 1889 में न्यूयॉर्क के 107 करोड़पतियों का सांख्यिकीय लेखा दिया है। यदि आप यह लेखा पढ़ें तो आप पाएँगे कि उन 107 लोगों में से केवल सात ही ऐसे हैं, जिन्होंने न्यूयॉर्क

यदि आप फिलाडेल्फिया में रहकर धन अर्जित नहीं कर सकते तो शायद न्यूयॉर्क में रहकर भी नहीं कर सकते। जॉन जैकब एस्टर ने इस बात का उदाहरण प्रस्तुत किया कि कहीं भी रहकर क्या किया जा सकता है।

में रहकर धनोपार्जन किया है। रियल एस्टेट में सौ लाख डॉलर की संपत्तिवाले इन 107 करोड़पतियों में से 67 लोगों ने 3,500 से भी कम आबादीवाले कस्बों में धनोपार्जन किया था। यदि आप रियल एस्टेट के बारे में अध्ययन करें तो आप पाएँगे कि आज की तारीख में इस देश का जो सर्वाधिक धनी व्यक्ति है, वह 3,500 की आबादीवाले कस्बे से कभी बाहर गया ही नहीं। इस बात से कोई अंतर नहीं पड़ता कि आप कौन हैं और कहाँ निवास कर रहे हैं, लेकिन यदि आप फिलाडेल्फिया में रहकर धन अर्जित नहीं कर सकते तो शायद न्यूयॉर्क में रहकर भी नहीं कर सकते।

जॉन जैकब एस्टर ने इस बात का उदाहरण प्रस्तुत किया कि कहीं भी रहकर क्या किया जा सकता है। एक बार किसी ने एक मिलिनरी (अंग्रेज़ महिलाओं की टोपी और पोशाक बनानेवाली इकाई) स्टोर इनके पास गिरवी रख दिया, किंतु वे लोग इतनी भी टोपियाँ नहीं बेच पाते थे कि इनकी पूँजी का ब्याज ही चुका सकें। अतः इन्होंने निश्चित अवधि के पूर्व ही गिरवीनामा खारिज करके उस स्टोर को अपने स्वामित्व में ले लिया और उसी स्टोर के उन्हीं लोगों के साथ उतनी ही पूँजी में साझेदारी कर ली। एस्टर ने उन लोगों को पूँजी में से एक डॉलर भी नहीं दिया। पूँजी निकालने के लिए उन्हें केवल सामान का विक्रय करना था। इसके बाद एस्टर ने उन लोगों को पहले की तरह स्टोर में अकेला छोड़ दिया और खुद सामने के पार्क की एक बेंच पर जाकर बैठ

> सिर पर पीछे की ओर अथवा एक ओर गरदन पर तमाम ताम-झाम का गुच्छा देखने पर ऐसा लगता है, मानो कोई मुरगा, जिसकी पूँछ में केवल एक ही पंख बचा हो, लेकिन जॉन जैकब एस्टर के समय में उन टोपियों के व्यवसाय में कुछ कलात्मक बात थी।

गए। एस्टर वहाँ क्या कर रहे थे और अपने ही हाथों असफल हुए लोगों के साथ साझेदारी में उन्होंने क्या हासिल किया? जहाँ तक मैं सोचता हूँ, यह उनकी साझेदारी का अत्यंत महत्त्वपूर्ण तथा सुखद भाग था, क्योंकि पार्क की उस बेंच पर बैठकर जॉन जैकब एस्टर वहाँ से गुजरनेवाली महिलाओं को गौर से देखते थे और सोचते थे कि कौन ऐसा आदमी होगा, जो इस व्यापार (अंग्रेज महिलाओं की टोपी बनाने के) में अमीर न बन पाए। जब कोई महिला इनके सामने से गुजरती, सिर ऊँचा किए हुए, जिसके कंधों का पृष्ठभाग इनकी ओर होता, पूर्ण आत्मविश्वास से सामने देखते हुई चलती, इस बात की तनिक भी परवाह किए बिना कि सारी दुनिया उसे ही घूर रही है, तब तक वे उसकी बॉनेट (अंग्रेज महिलाओं की कलात्मक टोपी) का अध्ययन कर लेते और जब तक वह महिला उनकी आँखों से ओझल होती, वे देखकर यह जानने में सफल हो जाते कि उस बॉनेट का आकार,

रंग, कटाई-छँटाई तथा साज-सज्जा किस प्रकार की थी।

मैं कभी-कभी बॉनेट के बारे में बताने का प्रयास करता हूँ, हमेशा नहीं और आधुनिक बॉनेट के बारे में बता पाना तो शायद मेरे बस की बात भी नहीं है। ऐसा व्यक्ति ही कहाँ है, जो इसकी व्याख्या कर पाए? सिर पर पीछे की ओर अथवा एक ओर गरदन पर तमाम ताम-झाम का गुच्छा देखने पर ऐसा लगता है, मानो कोई मुरगा, जिसकी पूँछ में केवल एक ही पंख बचा हो, लेकिन जॉन जैकब एस्टर के समय में उन टोपियों के व्यवसाय में कुछ कलात्मक बात थी। स्टोर जाकर उन्होंने वहाँ के कर्मचारियों से कहा, ''अब से शो-केस में केवल वही टोपी सजाकर रखना, जैसी मैं बता रहा हूँ, क्योंकि मैं देख चुका हूँ कि एक महिला को ऐसी ही टोपी पसंद है। इसके अलावा और टोपियाँ तब तक मत सजाना, जब तक मैं लौट न आऊँ।'' वह फिर उसी पार्क की बेंच पर जाकर बैठ गया। तभी एक भिन्न रूप-रंगवाली महिला, भिन्न आकार-प्रकार एवं रंग की टोपी (बॉनेट) पहने हुए उसके सामने से गुजरी। स्टोर में जाकर उसने कर्मचारियों को उसी प्रकार की टोपी शो-केस में सजाने के लिए कहा। उसने स्टोर के शो-केस को हैट और बॉनेट से इतना अधिक नहीं भरा कि लोग छिटककर चले जाएँ और ग्राहकों को दूसरी जगह जाकर खरीदने से रोकने के लिए अथवा अपना माल बेचने के लिए, पिछवाड़े की ड्योढ़ी पर बैठकर ऊँची-ऊँची आवाजें लगानी पड़ें।

> विश्व के इतिहास में कभी ऐसा समय नहीं आया, जब आप बिना पूँजी के निर्माण व्यवसाय में जल्दी से अमीर हो पाते, जैसा कि अब है।

उसके शो-केस में केवल वही हैट या बॉनेट रखी होती थी, जिसे कोई महिला उसकी साज-सज्जा से पहले ही पसंद कर चुकी होती। अब तो उसके स्टोर पर ग्राहकों की भीड़ उमड़ने लगी और यही न्यूयॉर्क के इस विशालतम स्टोर की आधारशिला थी तथा यह स्टोर आज भी वहाँ के तीन जाने-माने स्टोर्स में से एक है। उन लोगों के व्यापार में असफल हो जाने के बाद जॉन जैकब एस्टर ने पूँजी को बचाने के लिए उन लोगों को अब पैसा देना बंद कर दिया तथा कर्मचारी किसी भी प्रकार की बॉनेट बनाकर यूँ ही सामग्री व्यर्थ न कर पाएँ, इसके लिए उसने महिलाओं की पसंद की पड़ताल करनी शुरू कर दी। मैं दावे के साथ कहता हूँ कि जिस व्यक्ति ने इस व्यापार का भविष्य जान लिया, वह इस दुनिया में किसी भी चीज का भविष्य जान सकता है।

मान लीजिए कि आज मैं आप श्रोताओं के मध्य खड़ा होकर पूछूँ कि वस्तुओं का निर्माण करनेवाले इस बड़े शहर में निर्माण व्यवसाय में, क्या अमीर बनने का कोई अवसर नहीं है, तभी उनमें से एक युवक बोल पड़ता है, ''हाँ, हाँ। अवसर तो अवश्य है, किंतु तभी, जब आप पूरे विश्वास और कम-से-कम 20-

30 लाख डॉलर की पूँजी के साथ यह व्यवसाय आरंभ करें।'' नौजवान, 'बड़े व्यवसाय' पर आक्रमण करके इस विश्वास को तोड़ने का इतिहास ही केवल इस बात का उदाहरण है कि छोटे या कम पैसेवाले लोगों के पास अवसरों की क्या संभावनाएँ हैं? विश्व के इतिहास में कभी ऐसा समय नहीं आया, जब आप बिना पूँजी के निर्माण व्यवसाय में जल्दी से अमीर हो पाते, जैसा कि अब है।

लेकिन आप कहेंगे कि ''आप ऐसा कुछ नहीं कर पाएँगे। आप बिना पूँजी के कुछ भी शुरू नहीं कर सकते।'' नौजवान, मुझे जरा विस्तार से समझाने दो और मुझे समझाना ही पड़ेगा। हर नवयुवक एवं युवती को समझाना मेरा दायित्व है, क्योंकि शीघ्र ही हम भी इसी योजना के अंतर्गत व्यवसाय में प्रवेश करनेवाले हैं। नौजवान, यह बात हमेशा याद रखना कि जिस क्षण आपने लोगों की आवश्यकताओं को पहचान लिया, उसी क्षण आप ऐसी संपदा का ज्ञान प्राप्त कर लेंगे, जो आप पूँजी की सहायता से प्राप्त नहीं कर सकते, चाहे

यह बात हमेशा याद रखना कि जिस क्षण आपने लोगों की आवश्यकताओं को पहचान लिया, उसी क्षण आप ऐसी संपदा का ज्ञान प्राप्त कर लेंगे, जो आप पूँजी की सहायता से प्राप्त नहीं कर सकते, चाहे वह पूँजी कितनी ही क्यों न हो।

> वहाँ बैठे-बैठे उसने वहाँ पड़ी हुई गीली लकड़ी को अपने जेब में पड़ी छुरी की सहायता से तराशकर चेन का आकार दे दिया।

वह पूँजी कितनी ही क्यों न हो।

हिंगम, मैसाचुसैट्स में एक सीधा-सादा बेरोजगार व्यक्ति था। वह अपने घर के आस-पास ही टहलता रहता था कि तभी एक दिन उसकी पत्नी ने उससे बाहर जाकर कुछ काम करने के लिए कहा। अपनी पत्नी की बात को मानते हुए वह बाहर निकल गया और समुद्र के पास जाकर बैठ गया। वहाँ बैठे-बैठे उसने वहाँ पड़ी हुई गीली लकड़ी को अपने जेब में पड़ी छुरी की सहायता से तराशकर चेन का आकार दे दिया। शाम को जब घर पहुँचा तो उसे लेकर बच्चों में छीना-झपटी और लड़ाई होने लगी, तो उन्हें शांत करने के लिए वह ऐसी ही एक और चेन बना रहा था कि तभी उसका एक पड़ोसी आ गया और कहने लगा, "तुम इस तरह से खिलौने बनाकर क्यों नहीं बेचते? इससे तुम्हारी अच्छी कमाई होगी।" वह बोला, "अरे! मैं क्या जानूँ कि क्या बनाना चाहिए?" "तुम यहीं, अपने घर में अपने बच्चों से क्यों नहीं पूछते कि क्या बनाना चाहिए?" बढ़ई बोला, "यह सब करने का क्या उपयोग और मेरे बच्चे दूसरों के बच्चों से अलग हैं।" (जब मैं स्कूल में पढ़ाता था, तब ऐसे कई लोगों से मेरा सामना होता था।) बहरहाल, उसने अपने पड़ोसी

की सलाह पर काम किया और अगली सुबह, सीढ़ी पर से उतरती हुई अपनी बेटी मैरी से पूछा, "तुम्हें कौन-सा खिलौना चाहिए?" और उसने एक ही साँस में खिलौनों की इतनी लंबी फेहरिस्त सुना दी कि उन्हें बनाते-बनाते पूरा जीवन लग जाए, जैसे—गुड़िया का पलंग, गुड़िया के लिए वॉश स्टैंड, गाड़ी, छाता और न जाने क्या-क्या? तब अपने ही बच्चों से सलाह करके वह अपने घर जलाऊ लकड़ी लेकर आया, क्योंकि फर्नीचरवाली लकड़ी खरीदने के लिए उसके पास पैसे नहीं थे और हिंघम के वे बिना रँगे पुते मजबूत खिलौने वर्षों तक संपूर्ण विश्व में अपनी पहचान बनाए रहे। उस आदमी ने अपने बच्चों के लिए खिलौने बनाने से शुरुआत की थी। बाद में वैसे ही खिलौने बनाकर उसने अपने पड़ोस की जूते की दुकानवाले के जरिये बेचने शुरू किए। शुरू में उसने थोड़े से पैसे कमाए, फिर थोड़े और, फिर थोड़े और। अपनी पुस्तक फ्रेंजीड फाइनेंस (Frenzied

> **व्यक्ति को यह मालूम करना चाहिए कि उसके बच्चों को क्या पसंद है, वही दूसरे घरों के बच्चों को भी निश्चित पसंद होगा, अर्थात् मानव हृदय की इच्छाओं को स्वयं के द्वारा अपनी पत्नी तथा अपने बच्चों के द्वारा जानने का प्रयत्न करना।**

> जहाँ मानवीय आवश्यकता है, वहाँ ढेर सारा धन है। तो बस, कॉलर बटन तैयार करो और अमीर बन जाओ।'' उसके पति ने उसका उपहास किया और अप्रत्यक्ष रूप से मेरा भी।

Finance) में श्रीमान् लॉसन कहते हैं कि वह आदमी पुराने मैसाचुसैट्स का सबसे अमीर व्यक्ति है और मुझे लगता है कि यह सही है। केवल इसी सिद्धांत पर काम करता हुआ वह आदमी केवल 34 वर्ष में एक सौ मिलियन डॉलर का स्वामी बन गया कि व्यक्ति को यह मालूम करना चाहिए कि उसके बच्चों को क्या पसंद है, वही दूसरे घरों के बच्चों को भी निश्चित पसंद होगा, अर्थात् मानव हृदय की इच्छाओं को स्वयं के द्वारा अपनी पत्नी तथा अपने बच्चों के द्वारा जानने का प्रयत्न करना। निर्माण व्यवसाय में यही सफलता का स्वर्णिम मार्ग है, लेकिन आप तो यही कहेंगे न कि ''अरे, उसके पास पूँजी तो थी ही नहीं?'' अवश्य थी, एक छोटा सा चाकू, लेकिन मुझे यह नहीं मालूम कि उसके लिए उसने क्या दाम चुकाया होगा?

एक बार मैं कनैक्टिकट, न्यू ब्रिटेन में व्याख्यान दे रहा था। तभी पाँचवीं पंक्ति में बैठी एक महिला उठी और घर चली गई। घर पर वस्त्र बदलने के लिए जब उसने अपने कॉलर का बटन खोलना चाहा तो वह काज में इतना कसकर अटक गया कि उसने

उसे तोड़कर ही फेंक दिया और कहा, ''मैं कॉलर में लगाने के लिए इससे कोई बेहतर चीज बनानेवाली हूँ।'' उसका पति बोला, ''आज कॉनवेल का भाषण सुनकर तुम बड़ी प्रभावित लग रही हो। इसी के कारण तुम्हें कॉलर बंद करने के लिए किसी बेहतर विकल्प की आवश्यकता महसूस हो रही है, जिसे आसानी से प्रयोग किया जा सके। जहाँ मानवीय आवश्यकता है, वहाँ ढेर सारा धन है। तो बस, कॉलर बटन तैयार करो और अमीर बन जाओ।'' उसके पति ने उसका उपहास किया और अप्रत्यक्ष रूप से मेरा भी। बस, यही सबसे दुःखद बात है, जो कभी-कभी मुझे मध्य रात्रि के घने बादलों की तरह घेर लेती है। यह देखकर मुझे लगता है कि यद्यपि मैंने पचास वर्षों से भी अधिक समय तक कठोर प्रयास किए हैं, फिर भी मैंने वास्तव में कितना कम कार्य किया है।

मेरे प्रति आज आपकी शुभकामनाओं और उदारता के बावजूद मुझे इस बात का बिल्कुल भी विश्वास नहीं है कि आज के व्याख्यान से प्रभावित होकर आपके बीच दस में से कोई एक व्यक्ति भी ऐसा होगा, जो लाखों डॉलर कमाने के लिए मेरी बात का अनुसरण करेगा, लेकिन यह मेरी नहीं, आपकी गलती होगी। मैं इस बात को पूरी ईमानदारी से कह रहा हूँ। मेरे इतने व्याख्यान देने का कोई लाभ नहीं, यदि लोग मेरी सलाह पर काम न करें। जब उसके पति ने उसका उपहास उड़ाया तो उसने मन-ही-मन निश्चय कर लिया कि वह बेहतर किस्म का बटन

"आपकी समृद्धि की जड़ बिल्कुल आपके समीप ही होती है, किंतु आप दूर जाकर इसकी तलाश करने में विश्वास करते हैं।"

अवश्य बनाएगी और यदि कोई स्त्री मन में किसी काम को ठान ले तो वह उस काम को अवश्य करेगी। वह मुँह से कुछ न कहकर भी उस काम को करके रहती है और न्यू इंग्लैंड की उस महिला ने चिट-बटन का आविष्कार कर दिखाया, जिसका आज व्यापक उपयोग होता है और जो इस्तेमाल करने में भी सुविधाजनक है। इसके बाद उसने कई और प्रकार के बटनों का भी आविष्कार किया और उनमें कुछ और निवेश किया। कुछ समय बाद उसने कुछ बड़ी फैक्ट्रियों से साझेदारी कर ली। आज वह महिला गरमियों में समुद्री यात्रा के लिए अपने व्यक्तिगत जहाज का उपयोग करती है—हाँ, और अपने साथ अपने पति को भी लेकर जाती है। यदि उसका पति मर भी जाता तो अब उसके पास इतना धन हो गया था कि वह अपने लिए किसी विदेशी ड्यूक अथवा काउंट अथवा ऐसे ही किसी उपाधिवाले व्यक्ति को खरीद ले।

मेरी बताई हुई इस घटना का सबक क्या है? हालाँकि मैं उस महिला को नहीं जानता था, किंतु मैंने उससे वही कहा, जो आज आप लोगों से कहने जा रहा हूँ, "आपकी समृद्धि की जड़ बिल्कुल आपके समीप ही होती है, किंतु आप दूर जाकर इसकी

तलाश करने में विश्वास करते हैं।'' और उस महिला के लिए तो वह ठीक उसकी ठोढ़ी के नीचे ही थी।

मैंने एक समाचार-पत्र में पढ़ा था कि किसी महिला ने कभी कोई खोज नहीं की, फिर तो उस समाचार-पत्र को नई शुरुआत करनी होगी। निश्चित ही मैं कोई गप्पबाजी की बातें नहीं कर रहा, बल्कि मशीनरी की बात कर रहा हूँ, अन्यथा पुरुषों को पहले शामिल करता। यदि महिलाओं ने कोई आविष्कार न किया होता तो यह समाचार-पत्र अपने अस्तित्व में ही न होता। मित्रो! जरा सोचिए। महिलाएँ, आप भी सोचिए। आप कहती हैं कि आप धन नहीं कमा सकतीं क्योंकि आप या तो कपड़े धोती हैं, या सिलाई मशीन चलाती हैं या करघा चलाती हैं। मैं कहता हूँ कि आप फिर भी लखपति बन सकती हैं, यदि मेरे इन अचूक निर्देशों का पालन करें।

यदि आप कहते हैं कि किसी महिला ने कोई आविष्कार नहीं किया है तो मैं पूछता हूँ कि जैकार्ड लूम का आविष्कार किसने किया, जिसके बुने हुए वस्त्र आप पहनते हैं? श्रीमती जैकार्ड ने। प्रिंटिंग रोलर, प्रिंटिंग प्रेस, इनका आविष्कार किसान महिलाओं ने किया था। रूई से बिनौले निकालने का यंत्र किसने ईजाद किया, जिससे हमारा देश आश्चर्यजनक रूप से समृद्ध हो गया? श्रीमती जनरल ग्रीन ने इसे ईजाद किया और अपना यह विचार मि. व्हिटनी को बताया और उन्होंने पुरुष होने के अभिमान में

> यदि कोई महिला घास काटने का यंत्र बना सकती है, लोहे को दबाने की मशीन का आविष्कार कर सकती है, जिसने संयुक्त राज्य अमेरिका में करोड़ों कमानेवाले इस्पात व्यवसाय की आधारशिला रखी, तो इस आसमान तले 'हम पुरुष' कोई भी आविष्कार कर सकते हैं।

उनसे यह आविष्कार छीन लिया और सिलाई मशीन का आविष्कार किसने किया? यदि कल मैं किसी विद्यालय में जाकर वहाँ बच्चों से यह प्रश्न करूँ तो निश्चित ही वे इसके उत्तर में 'इलियस होव' का नाम लेंगे।

जब गृहयुद्ध छिड़ा हुआ था, तब वह मेरे साथ ही था और अकसर मेरे तंबू में रहता था। मैंने कई बार उसे यह कहते हुए सुना कि सिलाई मशीन बनाने के लिए उसने चौदह वर्ष लगा दिए, लेकिन एक दिन उसकी पत्नी ने सोच लिया कि यदि शीघ्र अतिशीघ्र कुछ बेहतर नहीं बन पाया तो उन्हें भूखों मरना पड़ेगा। अतः दो घंटे के भीतर उसने सिलाई मशीन का आविष्कार कर लिया। हालाँकि उसका पेटेंट उसके पति ने अपने नाम करा लिया। ये पुरुष हमेशा ऐसा ही करते हैं। घास काटने और फसल काटने की मशीनों का आविष्कार किसने किया? हाल ही में प्रकाशित श्रीमान् मैक कार्मिक की एक गोपनीय रिपोर्ट के जरिये यह खुलासा हुआ है कि पश्चिम वर्जीनिया की एक

महिला ने अपने पिता के कई प्रयासों में पूरी तरह असफल होने के बाद, एक तख्ते के किनारे कई कैंचियों को कील से जड़ दिया और हर कैंची का एक भाग भी ढीला छोड़ दिया और उन्हें तारों से इस प्रकार बाँध दिया कि जब वह तार को एक तरफ खींचती तो वे खुल जाती और दूसरी तरफ खींचती तो बंद हो जाती और इसी से उसे घास काटनेवाले यंत्र का विचार आया। यदि आप घास काटनेवाली मशीन को देखें, तो उसमें कुछ नहीं है। बस, कई सारी कैंचियाँ हैं। यदि कोई महिला घास काटने का यंत्र बना सकती है, जैकार्ड लूम बना सकती है, रूई में से बीज अलग करने का यंत्र बना सकती है, ट्रॉली स्विच बना सकती है, लोहे को दबाने की मशीन का आविष्कार कर सकती है, जिसने संयुक्त राज्य अमेरिका में करोड़ों कमानेवाले इस्पात व्यवसाय की आधारशिला रखी, तो इस आसमान तले 'हम पुरुष' कोई भी आविष्कार कर सकते हैं। मैं यह बात अपने पुरुष साथियों को प्रोत्साहित करने के लिए कह रहा हूँ।

विश्व के महान् आविष्कारक कौन हैं? फिर वही सबक हमारे सामने आता है। वह महान् आविष्कारक आपकी बगल में बैठा व्यक्ति भी हो सकता है या आप स्वयं भी। 'अरे', लेकिन आप कहेंगे, "मैंने तो कभी कोई आविष्कार नहीं किया।" महान् आविष्कारक भी जब तक कोई खोज नहीं कर लेते थे, तब तक यही कहते थे। आप क्या सोचते हैं, आविष्कार करनेवालों का बहुत बड़ा सिर होता है या उनमें कोई विद्युत् शक्ति होती है? ऐसा

कुछ भी नहीं है। महान् व्यक्ति वास्तव में अत्यंत साधारण, सच्चा और दैनिक आवश्यकता की सहज-बुद्धि से युक्त होता है। यदि आप किसी के वास्तविक कार्यों को नहीं देखेंगे तो आपको कोई सपना थोड़े ही आएगा कि अमुक व्यक्ति महान् आविष्कारक है? उसका पड़ोसी ही उसे कुछ नहीं समझता। आप अपने पड़ोसियों की कोई अच्छी बात देखते ही नहीं। ये बातें तो कहीं दूर की हैं। वस्तुतः उन आविष्कारकों की महानता इतनी सीधी, सरल, सच्ची और व्यावहारिक होती है कि पड़ोसी प्रायः उसे समझ ही नहीं पाते।

महान् व्यक्ति वास्तव में अत्यंत साधारण, सच्चा और दैनिक आवश्यकता की सहज-बुद्धि से युक्त होता है। यदि आप किसी के वास्तविक कार्यों को नहीं देखेंगे तो आपको कोई सपना थोड़े ही आएगा कि अमुक व्यक्ति महान् आविष्कारक है?

सही अर्थों में महानता बहुधा अनजानी ही रह जाती है। यह बिल्कुल पक्की बात है। आप महान् पुरुषों एवं स्त्रियों के बारे में कुछ नहीं जानते। मैं जनरल गारफील्ड के जीवन वृत्त को लिखनेवाला था। जब मैं उनके घर गया तो मुख्य द्वार पर काफी भीड़ थी, अतः उनका एक पड़ोसी मुझे पीछे के दरवाजे पर ले गया और आवाज लगाई, "जिम, जिम!" और

शीघ्र ही 'जिम' दरवाजे पर आ गया, मुझे अंदर बुलाया और तब मैंने राष्ट्र के एक महानतम व्यक्तित्व का जीवन प्रसंग लिखा, लेकिन वह महान् व्यक्ति फिर भी अपने पड़ोसी के लिए वही पुराना 'जिम' था। ऐसे ही संभव है कि आप भी अपने किसी परिचित को, भले ही वह कितना भी ख्यातिनाम हो गया हो, अपने पुराने अंदाज में ही संबोधित करते होंगे। ऐसा ही होता है।

गृह युद्ध के दौरान मेरे एक सैनिक मित्र को मृत्युदंड दिया गया और मैं वॉशिंग्टन के व्हाइट हाउस गया—जीवन में पहली बार मुझे राष्ट्रपति से मिलने के लिए भेजा गया था।

गृह युद्ध के दौरान मेरे एक सैनिक मित्र को मृत्युदंड दिया गया और मैं वॉशिंग्टन के व्हाइट हाउस गया—जीवन में पहली बार मुझे राष्ट्रपति से मिलने के लिए भेजा गया था। मैं प्रतीक्षा कक्ष में गया और वहाँ पहले से ही मौजूद कई अन्य लोगों के साथ बेंच पर बैठ गया। राष्ट्रपति का सचिव एक-एक कर सबसे उनकी समस्या पूछ रहा था। सबकी समस्या सुनकर वह भीतर गया, फिर लौटा और दरवाजे के पास आकर मेरी ओर इशारा किया। मैं उस उपकक्ष की ओर गया, जहाँ वह सचिव बोला, "वह सामने राष्ट्रपति कक्ष का दरवाजा है। उसे धीरे-से खटखटाओ, और सीधे अंदर चले जाओ।" मैं पहले कभी भी इतना अचंभित नहीं

हुआ हूँ, अभी तक के जीवन में कभी भी नहीं। उस सचिव ने मेरे लिए बड़ी विकट स्थिति पैदा कर दी। मुझे तो यह बता दिया कि अंदर कैसे जाना है और स्वयं बाईं ओर बने एक दरवाजे में गायब हो गया और दरवाजा भी बंद कर दिया और वहाँ मैं, संयुक्त राज्य अमेरिका के राष्ट्रपति के कक्ष की ओर जानेवाले गलियारे में अकेले खड़ा था। मैं युद्ध भूमियों में भी रहा हूँ, जहाँ गोलियों की गूँज सुनाई देती थी और कभी-कभी गोली लग भी जाती थी, लेकिन मैं हमेशा वहाँ से भाग जाना चाहता था। मुझे उस व्यक्ति की बातों से कोई सहानुभूति नहीं, जो यह कहता है, ''मैं जिस सहजता से भोजन करता हूँ, उसी सहजता से तोप के सामने खड़ा हो सकता हूँ।'' मैं कतई विश्वास नहीं कर सकता कि जिस व्यक्ति को गोली मारी जा रही हो, उसमें भय की अनुभूति न हो, किंतु युद्ध भूमि में अनुभव होनेवाले भय से कहीं अधिक भयभीत आज मैं इस कक्ष में था, लेकिन अंतत: मैंने साहस जुटाया—कैसे? यह नहीं जानता और एक हाथ की दूरी से ही दरवाजा खटखटाया। भीतर मौजूद व्यक्ति ने मेरी कोई सहायता तो नहीं की, अलबत्ता वहीं से चिल्लाया, ''अंदर आ जाओ और आकर बैठ जाओ।''

मैं भीतर गया और संकोच करते हुए कुरसी के किनारे पर बैठ गया। मन-ही-मन सोच रहा था कि काश! मैं यूरोप में होता और यह कि वह टेबल से सिर उठाकर मेरी ओर न देखे। वे विश्व के महानतम व्यक्तियों में से एक थे और केवल एक नियम

का पालन करते हुए ही महान् बने थे। काश! इस समय फिलाडेल्फिया के सारे नौजवान मेरे सामने होते और मैं उनके सामने केवल यह एक बात कह पाता और जिसे वे सदैव याद रखते। मैं अपने शहर तथा अपनी सभ्यता की बेहतरी के लिए अपना संपूर्ण जीवन समर्पित कर सकता हूँ। महान् बनने के लिए अब्राहम लिंकन का यह सिद्धांत लगभग हर कोई अपना सकता है। यह उनका नियम था, उन्हें जो भी कार्य पूर्ण करना होता था, वे उसे पूरे मनोयोग से करते थे और जब तक वह कार्य पूर्ण नहीं हो जाता, तब तक अन्य क्रिया-कलाप रोके रखते थे। यह बात किसी भी आदमी को महान् बना सकती है, वह चाहे कहीं भी रहे। वे मेज पर रखे कुछ आवश्यक दस्तावेजों के अध्ययन में इतने व्यस्त थे कि उन्होंने अपना सिर भी ऊपर नहीं उठाया और मैं काँपता हुआ-सा वहाँ बैठा रहा। अंत में, कार्य समाप्त होने पर उन्होंने फाइल की डोरी बाँधकर उसे एक तरफ

महान् बनने के लिए अब्राहम लिंकन का यह सिद्धांत लगभग हर कोई अपना सकता है। यह उनका नियम था, उन्हें जो भी कार्य पूर्ण करना होता था, वे उसे पूरे मनोयोग से करते थे और जब तक वह कार्य पूर्ण नहीं हो जाता, तब तक अन्य क्रिया-कलाप रोके रखते थे।

> जब मैं अपना कार्यकाल समाप्त कर लूँगा और टैड के साथ इलिनोइस के स्प्रिंगफील्ड कस्बे में जाऊँगा, जहाँ मेरा एक फार्म हाउस है। वहाँ मुझे भले ही 20-25 सेंट रोज कमाना पड़े, परंतु मुझे इसकी कोई चिंता नहीं।

करते हुए मेरी ओर देखा और उनके थकान भरे चेहरे पर एक मुसकान दौड़ गई। वे बोले, ''मैं अत्यधिक व्यस्त हूँ और आपको केवल कुछ मिनट का समय दे सकता हूँ। अब आप मुझे संक्षेप में बताएँ कि आप क्या चाहते हैं?'' मैंने बोलना शुरू किया और अपनी बात उनके समक्ष प्रस्तुत की, मेरी बात को सुनकर वे बोले, ''मैंने इसके बारे में सब सुन रखा है। अत: आपको और बताने की आवश्यकता नहीं है। कुछ दिन पहले ही मेरी इस विषय पर श्रीमान् स्टैंटन से बात हुई थी। आप आश्वस्त होकर अपने होटल में वापस जाएँ। मैंने 20 वर्ष से कम उम्र के लड़के को गोली मारकर मृत्युदंड देने के आज्ञा-पत्र पर न कोई हस्ताक्षर किए हैं और न करूँगा। चाहें तो यह बात आप उसकी माँ को भी बता सकते हैं।''

फिर वे मुझसे बोले, ''युद्ध भूमि के क्या हाल-चाल हैं?'' मैंने कहा, ''हम लोग कभी-कभी बहुत हतोत्साहित हो जाते हैं।'' तब वे बोले, ''ठीक है! तब हम जीतने ही वाले हैं। हम प्रकाश के

काफी समीप पहुँच चुके हैं। संयुक्त राज्य अमेरिका का राष्ट्रपति बनने की कामना कोई न ही करे तो अच्छा और मुझे उस समय बड़ी खुशी होगी, जब मैं अपना कार्यकाल समाप्त कर लूँगा और टैड के साथ इलिनोइस के स्प्रिंगफील्ड कस्बे में जाऊँगा, जहाँ मेरा एक फार्म हाउस है। वहाँ मुझे भले ही 20–25 सेंट रोज कमाना पड़े, परंतु मुझे इसकी कोई चिंता नहीं। टैड के पास कुछ खच्चर हैं और हम दोनों मिलकर प्याज की खेती करेंगे।''

फिर उन्होंने मुझसे पूछा, ''क्या तुम्हारा लालन–पालन खेतों के आस–पास हुआ है?'' मैंने कहा, ''जी हाँ, मैसाच्युसैट्स के बर्कशायर हिल्स में।'' फिर उन्होंने पास की एक कुरसी पर अपने पैर को फैलाते हुए कहा, ''मैंने बचपन में कई बार ऐसा सुना है कि वहाँ चट्टानों के बीच उगी हुई घास तक पहुँचने के लिए वहाँ की भेड़ों के मुँह के अगले भाग को नुकीला करना पड़ता है।'' वे इतने परिचित और सुपरिचित किसान की तरह लग रहे थे कि पहली ही भेंट में वे मुझे घर जैसे लगने लगे।

तभी उन्होंने दस्तावेजों का दूसरा पुलिंदा उठा लिया और मेरी ओर देखकर कहा, ''सुप्रभात''। मैं उनका संकेत समझ गया। अपने स्थान से उठा और बाहर निकल आया। बाहर निकलकर आने के बाद भी मुझे यकीन नहीं हो रहा था कि मैं संयुक्त राज्य अमेरिका के राष्ट्रपति से मुलाकात करके आया हूँ, लेकिन कुछ ही दिनों बाद, जब मैं उसी शहर में था, मैंने अपार जनसमूह को

> "मैंने बचपन में कई बार ऐसा सुना है कि वहाँ चट्टानों के बीच उगी हुई घास तक पहुँचने के लिए वहाँ की भेड़ों के मुँह के अगले भाग को नुकीला करना पड़ता है।"

अब्राहम लिंकन की शवयात्रा में जाते हुए देखा। उनकी हत्या कर दी गई थी। जब मैंने उनका ऊपर की ओर उठा हुआ चेहरा देखा तो मुझे लगा कि यह वही व्यक्ति है, जिससे मैं कुछ समय पहले ही मिला था। इतना सीधा-सादा महान् व्यक्तित्व, जो अमेरिका को पूर्ण स्वतंत्रता की ओर ले गया। फिर भी, वह अपने पड़ोसियों के लिए वही पुराना 'ऐब' था। जब उनके गृह नगर में दोबारा अंतिम क्रिया की गई तो मुझे भी बुलाया गया। वहाँ मैंने देखा कि वही ताबूत कब्र में रखा जा रहा था। कब्र के चारों ओर उनके शोक-मग्न पड़ोसी खड़े हुए थे, जिनके लिए वे केवल 'ऐब' थे।

कभी आपने ऐसे व्यक्ति को देखा है, जिसमें अपने बड़े होने की इतनी अकड़ होती है कि वह एक साधारण से लगनेवाले मैकेनिक पर गौर ही नहीं करता? क्या आप उसे महान् कहेंगे? वह कुछ नहीं है। केवल अपने पैरों पर चलनेवाला फूला हुआ गुब्बारा है। इसमें कोई बड़ी बात नहीं है। महान् पुरुष एवं महान् स्त्रियाँ कौन हैं? अगले दिन मेरा ध्यान एक छोटी-सी बात के इतिहास पर गया, जिसने एक अत्यंत गरीब व्यक्ति की किस्मत चमका दी

और उसे धनी बना दिया। वह व्यक्ति कोई बहुत बड़ा आविष्कारक तो नहीं था, किंतु अपने अनुभव से उसने एक उपयोगी पिन बना दी, जिसे हम आज सेफ्टी पिन के नाम से जानते तथा उपयोग करते हैं और इस सेफ्टी पिन की सहायता से वह राष्ट्र के समृद्ध वर्ग में शुमार हो गया।

वह व्यक्ति कोई बहुत बड़ा आविष्कारक तो नहीं था, किंतु अपने अनुभव से उसने एक उपयोगी पिन बना दी, जिसे हम आज सेफ्टी पिन के नाम से जानते तथा उपयोग करते हैं और इस सेफ्टी पिन की सहायता से वह राष्ट्र के समृद्ध वर्ग में शुमार हो गया।

मैसाच्युसैट्स में एक गरीब व्यक्ति था, जो कील बनानेवाली फैक्ट्री में काम करता था। एक दिन वह किसी हादसे का शिकार हो गया और उसके काम करने की क्षमता बहुत कम हो गई, अतः उसे ऑफिस में बिलों पर लगे हुए पेंसिल के निशानों को मिटाने का काम मिल गया। रबर से मिटा-मिटाकर जब उसके हाथ थक गए तो उसने एक लकड़ी के सिर पर रबर बाँधकर यह काम करना शुरू कर दिया। उसकी छोटी-सी लड़की ने अपने पिता से पूछा कि उसके इस आविष्कार का पेटेंट है कि नहीं। उसने बताया कि अपनी बेटी की इस बात से सचेत होकर उसे पेटेंट कराने का विचार आया

तथा बोस्टन आकर उसने पेटेंट के लिए आवेदन किया। आज आप एक सिरे पर रबर लगी हुई जिस पेंसिल का उपयोग करते हैं, वह उसी की देन है और इसी आविष्कार ने उसे एक दरिद्र से करोड़पति बना दिया। उसने इस आविष्कार में कोई पूँजी तो क्या, एक पाई भी नहीं लगाई। उसके करोड़पति बनने तक सिर्फ और सिर्फ आय होती रही।

और, मैं जल्दी ही आपको एक और अच्छा विचार सुझा दूँ। "मुझे ऐसे महान् स्त्री-पुरुष दिखाइए, जो फिलाडेल्फिया में ही रहते हों।" अभी वहाँ से कोई उठकर कहेगा, "हमारे फिलाडेल्फिया में ऐसा कोई नहीं है। वे यहाँ नहीं रहते। वे कहीं रोम, पीट्सबर्ग, लंदन या मानायन्क में रहते होंगे।" अब मैं अपने विचार के शीर्ष पर पहुँच चुका था। अब मैं इस मसले और अपने संघर्ष के केंद्र में पहुँच चुका हूँ—अपनी तमाम समृद्धि के बावजूद फिलाडेल्फिया, न्यूयॉर्क की तुलना में पीछे क्यों है? लोग पूछते हैं कि "अपने बंदरगाहों के कारण।" किंतु संयुक्त राष्ट्र अमेरिका के कुछ अन्य शहर भी फिलाडेल्फिया से आगे क्यों हैं? इसका तो केवल एक ही उत्तर है, कि हमारे अपने लोग ही अपने शहर के बारे में सही विचार नहीं रखते। इस धरती पर यदि कोई ऐसा शहर है, जिसे आगे बढ़ाने के लिए धकेलना पड़ता है तो वह है—फिलाडेल्फिया। यदि हम मुख्यधारा में आना चाहें, तो मुँह बंद कर दिया जाता है, यदि हम अच्छे विद्यालय खोलना

चाहें तो मुँह बंद कर दिया जाता है, यदि हम अच्छे कानून बनाना चाहें तो मुँह बंद कर दिया जाता है, शहर के विकास के हर प्रस्ताव पर चुप्पी साध ली जाती है। यही एक बड़ी त्रुटि है, जो मैं इस महान् फिलाडेल्फिया के चरणों में समर्पित कर सकता हूँ। अब समय आ गया है कि हम अपने शहर पर ध्यान दें और उसके विकास पर चर्चा करें। उसे विश्व के समक्ष एक उदाहरण के रूप में प्रस्तुत करें, जैसा कि शिकागो, न्यूयॉर्क, सेंट लुई और सैनफ्रांसिस्को के लोगों ने किया है। काश! हमारे लोगों में भी उन जैसा उत्साह होता तो हम भी बहुत कुछ अच्छा कर पाते।

और, मैं जल्दी ही आपको एक और अच्छा विचार सुझा दूँ। "मुझे ऐसे महान् स्त्री-पुरुष दिखाइए, जो फिलाडेल्फिया में ही रहते हों।"

फिलाडेल्फियावासियों, मैं आप सबका आह्वान करता हूँ और कहना चाहता हूँ कि ईश्वर और मनुष्य पर अपनी आस्था रखें और विश्वास रखें कि अवसर और संभावनाएँ आपके आस-पास ही हैं। उन्हें खोजने के लिए बोस्टन या न्यूयॉर्क जाने की आवश्यकता नहीं है। इससे अच्छा और कोई अवसर नहीं होगा कि हम अपने शहर के बारे में चर्चा करें।

समय कुछ कम बचा है और ये दो युवा भी कुछ कहना चाहते हैं। एक युवक खड़ा होता है और कहता है, "फिलाडेल्फिया

> ईश्वर और मनुष्य पर अपनी आस्था रखें और विश्वास रखें कि अवसर और संभावनाएँ आपके आस-पास ही हैं। उन्हें खोजने के लिए बोस्टन या न्यूयॉर्क जाने की आवश्यकता नहीं है। इससे अच्छा और कोई अवसर नहीं होगा

में अब तो कोई महान् व्यक्ति नहीं हुआ है, किंतु अब होगा।", "अच्छा, ऐसा है क्या? तो तुम कब तक महान् बननेवाले हो?" "जब मेरा किसी राजनीतिक पद पर चयन हो जाएगा।" नौजवान, क्या तुमने राजनीति के प्रथम पाठ में यह नहीं सीखा कि हमारे यहाँ जिस प्रकार की सरकार है, उसमें कोई भी पद प्राप्त करना प्रथम दृष्टया ओछेपन का प्रमाण है? महान् लोग तो यदा-कदा ही ऑफिस के चक्कर में पड़ते हैं, लेकिन इस देश को आवश्यकता है ऐसे लोगों की, जो वही करें, जो हम कहें। यह देश, जहाँ प्रजा का राज्य है, लोगों द्वारा लोगों के लिए चुनी हुई सरकार है और जब तक यह है, तब तक कोई भी पदाधिकारी जनता का सेवक है और कुछ नहीं और जैसा कि बाइबिल भी कहती है—सेवक स्वामी से बड़ा नहीं हो सकता। बाइबिल कहती है, "ईश्वर ने जिसे भेजा है वह ईश्वर से महान् नहीं हो सकता।" शासन प्रजा करती है और करना ही चाहिए। यदि ऐसा होता है तो महान् व्यक्तियों की पदों पर होने की कोई आवश्यकता नहीं।

यदि अमेरिका के महान् लोग हमारे यहाँ पदासीन हो गए होते तो दस वर्षों में हम एक साम्राज्य के रूप में परिवर्तित हो गए होते।

> **नौजवान, क्या तुमने राजनीति के प्रथम पाठ में यह नहीं सीखा कि हमारे यहाँ जिस प्रकार की सरकार है, उसमें कोई भी पद प्राप्त करना प्रथम दृष्टया ओछेपन का प्रमाण है?**

अब महिलाओं की बारी है। कई महिलाएँ कहती हैं, ''किसी दिन मैं संयुक्त राज्य अमेरिका की राष्ट्रपति बनूँगी।'' मुझे उनके मताधिकार और निर्णय पर कोई संदेह नहीं है। यह भी संभव है कि कभी मुझे भी अपने लिए पद की इच्छा होने लगे, किंतु यदि पद प्राप्त करने की आकांक्षा स्त्रियों को मतदान करने से रोकने लगे, तो मैं आपको स्पष्ट बता दूँ, जैसा कि मैंने नौजवानों से भी कहा है कि आपको मात्र एक वोट का अधिकार प्राप्त होने से कुछ विशेष हासिल नहीं होता। यदि आप एक से अधिक वोटों पर अपना नियंत्रण नहीं रख सके तो आपको कोई पहचानेगा भी नहीं और आपका प्रभाव इतना व्यर्थ होगा कि लोग उसे महसूस भी नहीं कर पाएँगे। आपको लगता है कि यह देश मतों से चलता है? नहीं। यह प्रभाव से चलता है। यह उन महत्त्वाकांक्षाओं और उद्यमों से चलता है, जिनसे मतों पर नियंत्रण होता है। जो युवा महिला यह सोचती है कि वह मतदान के जरिए कोई पद प्राप्त कर लेगी तो वह

> सेवक स्वामी से बड़ा नहीं हो सकता। बाइबिल कहती है, "ईश्वर ने जिसे भेजा है वह ईश्वर से महान् नहीं हो सकता।" शासन प्रजा करती है और करना ही चाहिए। यदि ऐसा होता है तो महान् व्यक्तियों की पदों पर होने की कोई आवश्यकता नहीं।

बहुत बड़ी भूल कर रही है।

एक अन्य युवा खड़ा होकर कहता है, "इस राष्ट्र और फिलाडेल्फिया में कई महान् लोग होनेवाले हैं।" "अच्छा, कब?" "जब कोई बड़ा युद्ध छिड़ेगा, जब हम घोर परेशानी से गुजरेंगे, जब हम इंग्लैंड अथवा जापान अथवा चीन अथवा न्यूजर्सी या किसी अन्य दूर देश से किसी छोटी-सी शर्त के कारण युद्ध करेंगे। तब मैं तोपों की ओर आगे बढ़ूँगा, चमचमाती संगीनों के बीच जाऊँगा, युद्ध क्षेत्र के केंद्र में जाकर शत्रु का ध्वज गिराकर विजयी होकर लौटूँगा। घर लौटते समय मेरे कंधे पर कई सितारे होंगे तथा राष्ट्र द्वारा मुझे कई पदों पर नियुक्त किया जाएगा और मैं महान् बन जाऊँगा।" नहीं, इस प्रकार तुम महान् नहीं बन पाओगे। तुम सोचते हो कि तुम्हें एक पद उपहार में दे दिया जाएगा और तुम महान् बन जाओगे, किंतु यह याद रखना कि पद पाने के पहले यदि तुम महान् नहीं बने तो पद पाने के बाद भी नहीं बन पाओगे। उस रूप में यह केवल एक उपहास ही होगा।

स्पेन युद्ध के पश्चात् हम एक शांति पर्व मना रहे थे। पश्चिम में लोग इस पर ज्यादा विश्वास नहीं करते, क्योंकि वे कहते हैं, "अब से पचास वर्ष तक फिलाडेल्फियावासी स्पेन से किसी भी प्रकार के युद्ध के बारे में नहीं सुनेंगे।" आप में से कई लोगों ने ब्रॉड स्ट्रीट की ओर जानेवाला जुलूस देखा होगा। मैं तो यहाँ नहीं था, लेकिन मेरे परिवार ने मुझे पत्र में लिखकर बताया था कि लेफ्टिनेंट हॉब्सन कोच में सवार होकर यहाँ पहुँचे थे और जैसे ही कोच मुख्य द्वार पर रुकी, वहाँ उपस्थित जनसमूह हॉब्सन के समर्थन में नारे लगा रहा था। यदि मैं उनके बीच होता तो मैं भी ऐसे ही चिल्लाता क्योंकि उन्होंने देश के लिए बहुत कुछ किया और उन्हें इससे कहीं अधिक पाने का हक है, किंतु, यदि मैं किसी स्कूल में जाकर पूछूँ कि "सैंटियागो में मैरी मैक को किसने डुबोया?" और यदि बच्चे उत्तर में कहते हैं, "हॉब्सन", तो उनका उत्तर 7/8 भाग गलत होगा। उस जहाज में उनके अलावा सात और जांबाज लोग थे। वे अपनी रैंक के कारण लगातार स्पेन की ओर से की जानेवाली गोलीबारी का सामना

> **यदि आप एक से अधिक वोटों पर अपना नियंत्रण नहीं रख सके तो आपको कोई पहचानेगा भी नहीं और आपका प्रभाव इतना व्यर्थ होगा कि लोग उसे महसूस भी नहीं कर पाएँगे।**

> स्पेन युद्ध के पश्चात् हम एक शांति पर्व मना रहे थे। पश्चिम में लोग इस पर ज्यादा विश्वास नहीं करते, क्योंकि वे कहते हैं, "अब से पचास वर्ष तक फिलाडेल्फियावासी स्पेन से किसी भी प्रकार के युद्ध के बारे में नहीं सुनेंगे।"

करते रहे, जबकि अधिकारी होने के कारण हॉब्सन उनके पीछे रहे होंगे। इस भवन में कई बुद्धिजीवी एकत्रित हुए हैं। फिर भी, शायद ही कोई ऐसा यहाँ पर होगा, जो बाकी सात लोगों के नाम बता सकता हो।

हमें इतिहास इस तरह से तो नहीं पढ़ाना चाहिए, बल्कि इस तरह पढ़ाना चाहिए कि भले ही किसी का स्थान कितना भी नीचा हो, किंतु यदि वह अपने स्थान पर रहकर अपने कर्तव्यों का पूर्ण निर्वहन करता है तो अमेरिकन लोगों द्वारा उसे भी उतना ही सम्मान दिया जाना चाहिए, जितना सिंहासन पर विराजमान एक राजा को मिलता है, लेकिन हम ऐसा नहीं सिखाते। हम यह सिखाते हैं कि सारा युद्ध जनरल ही लड़ते हैं।

मुझे याद है कि युद्ध के पश्चात् मैं जनरल रॉबर्ट ई. ली से भेंट करने गया था, जो एक अत्यंत सज्जन ईसाई व्यक्ति थे और जिन पर उत्तरी और दक्षिणी अमेरिका के लोग आज भी एक महान् अमेरिकन होने का गर्व करते हैं। जनरल ने अपने नौकर 'रास्टस'

के बारे में हमें बताया, जो एक सूचीबद्ध गैर अमेरिकन (अश्वेत) सैनिक था। एक दिन उन्होंने उसे उपहास करने के लक्ष्य से अपने पास बुलाया और कहा, "रास्टस, मैंने सुना है कि तुम्हारी कंपनी के सभी लोग मारे जा चुके हैं, तुम नहीं, ऐसा कैसे संभव है?" रास्टस ने उनकी ओर आँख मिचकाते हुए कहा, "क्योंकि जब भी कोई लड़ाई होती थी तो मैं जनरलों के साथ पीछे ही रहता था।"

मुझे एक दृष्टांत और याद है। मैं इसे अभी बताने से छोड़ देता हूँ क्योंकि वस्तुतः आप जब लाइब्रेरी में जाकर इस व्याख्यान को पढ़ेंगे तो पाएँगे कि यह व्याख्यान बीस-पच्चीस वर्षों से छप रहा है। जब कभी भी मैं अपनी आँखें बंद करता हूँ तो मुझे युवाओं के चेहरे नजर आते हैं, जो मुझसे कहते हैं कि आपके बाल अभी तक सफेद नहीं हुए हैं। आप रात-दिन लगातार काम करते रहते हैं, आप कभी बूढ़े नहीं हो सकते, लेकिन जब कभी मैं अपनी उम्र के किसी व्यक्ति की तरह आँखें बंद करता हूँ, तो आह, मुझे बहुत समय पूर्व खोए हुए अपने तमाम प्रियजनों के चेहरे दिखाई देते हैं, तब लगता है कि लोग कुछ भी कहें, अब जीवन की शाम आ चुकी है।

जब मैं आँखें बंद करके मैसाच्युसैट्स स्थित अपने पैतृक शहर को देखता हूँ तो मुझे पहाड़ी पर स्थित पशु प्रदर्शनीवाला मैदान दिखाई देता है, घोड़ों का अस्तबल दिखाई देता है। मैं सामुदायिक चर्च, टाउन हॉल और पर्वतारोहियों के शिविर देख सकता हूँ, चटक-चमकीले वस्त्रों से सुसज्जित आते हुई लोगों की भीड़,

लहराते हुए झंडे, अभिवादन में हिलाते हुए रंग-बिरंगे रूमाल देखता हूँ और बैंड की धुन सुन सकता हूँ। मैं पुनः सूचीबद्ध सिपाहियों की टुकड़ी को उस मैदान में मार्च करते हुए देख सकता हूँ। उस समय हालाँकि मैं एक छोटी उम्र का बालक था, किंतु उस टुकड़ी का कप्तान था और गर्व से फूला हुआ था। एक महीन-सी सूई अथवा कोई छोटी-सी विपरीत बात मेरे उस गर्व को चकनाचूर कर सकती थी। फिर उस लड़कपन से मैंने सोचा कि धरती पर किसी व्यक्ति के लिए यह महानतम अवसर है, जब आप को यह लगे कि आप एक राजा अथवा रानी हैं, जिनकी अगवानी के लिए स्वयं मेयर आगे बढ़कर आता है।

बैंड की धुन बजने लगी और जन सैलाब हमारी अगवानी के लिए उमड़ पड़ा। मैं पूरे गर्व से अपनी टुकड़ी का नेतृत्व करते हुए टाउन हॉल की ओर मुड़ गया। वहाँ उन लोगों ने हमारे सैनिकों को केंद्र में एक ओर की पंक्ति में बैठा दिया और मुझे सबसे आगे बैठाया। टाउन हॉल लगभग सौ-दो सौ लोगों से भर गया, जिसके कारण कुछ लोगों को खड़ा भी रहना पड़ा। इसके बाद नगर पार्षद आए और अर्ध वृत्त आकार में बैठ गए। इसके बाद नगर का महापार्षद आया और मंच के बीचोबीच अपने आसन पर बैठ गया। वह व्यक्ति पहले कभी किसी पद पर नहीं था, लेकिन वह अच्छा इनसान था। यह सही है कि वह एक अच्छा इनसान था, किंतु उसे लगता था कि इस पद ने उसे महान् बना दिया है। वह ऊपर आया,

अपने आसन पर बैठा, अपना मोटा-सा चश्मा ठीक किया, चारों ओर दृष्टि डाली और अचानक मुझे सामने की पंक्ति में बैठे हुए देख लिया। वह मंच पर सामने की ओर आया और मुझे पार्षदों के साथ बैठने के लिए आमंत्रित किया। युद्ध में जाने के पहले तक कभी किसी अधिकारी ने मुझ पर कोई गौर नहीं किया था, सिवाय इसके कि अध्यापक को मुझे पीटने की सलाह देते रहे और अब मुझे उन्हीं के साथ बैठने का निमंत्रण दिया जा रहा था। उस समय नगर का महापौर सम्राट हुआ करता था, हमारे समय का राजा। जब मैं मंच पर पहुँचा तो उन लोगों ने प्रथम पंक्ति से वहाँ तक मेरे लिए कुरसी पहुँचाई।

जब मैं वहाँ पहुँच गया, तब वहाँ उपस्थित सभा के अध्यक्ष उठे और टेबल की ओर बढ़े। हम सबको लगा कि अब वे भाषण देने के लिए चर्च के पादरी को बुलाएँगे, जो उस नगर के एकमात्र वक्ता थे कि वे लौटे हुए सैनिकों के बारे में कुछ बोले, किंतु मित्रो! वहाँ उपस्थित श्रोता तब आश्चर्यचकित रह गए, जब उन्होंने देखा कि उन बूढ़े सज्जन ने स्वयं ही भाषण देना शुरू कर दिया। उन्होंने

उस लड़कपन से मैंने सोचा कि धरती पर किसी व्यक्ति के लिए यह महानतम अवसर है, जब आप को यह लगे कि आप एक राजा अथवा रानी हैं, जिनकी अगवानी के लिए स्वयं मेयर आगे बढ़कर आता है।

अपने जीवन में कभी कोई भाषण नहीं दिया था, किंतु उसी गलती में पड़ गए, जो अन्य सैंकड़ों लोग पहले कर चुके थे। बड़ा विचित्र लगता है, जब कोई व्यक्ति अच्छा वक्ता बनने के लिए बचपन से अभ्यास नहीं करता वरन् यह सोचता है कि कोई पद हासिल करने के बाद वह अच्छा वक्ता बन जाएगा।

वे उस भाषण के साथ सामने आए, जिसे उन्होंने घास के मैदान में पशुओं को चराते-चराते रट लिया होगा। वे परचे पर लिखा हुआ वह भाषण भी लाए थे, जिसे उन्होंने अपने सामने फैलाकर रख लिया, जिससे आवश्यकता पड़ने पर देख सकें। उन्होंने अपना चश्मा दुरुस्त किया, परचे पर नजर डाली, मंच पर कुछ पीछे की ओर गए और एक सैनिक की तरह कदम-कदम चलते हुए सामने की ओर आए। यदि आप देखें तो लगता है कि वे इस विषय पर गहराई से अध्ययन करने आए थे, क्योंकि वे एक 'कुशल वक्ता' की भाव-भंगिमा धारण किए हुए थे। वे बाएँ पैर की एड़ी को जोर से ठोककर खड़े हुए, कंधों को थोड़ा पीछे किया, दायाँ पैर थोड़ा-सा आगे बढ़ाया, अपना गला साफ किया और अपना दायाँ पैर लगभग पैंतालीस अंश के कोण पर स्थापित किया। मित्रो, वे एक श्रेष्ठ वक्ता की भाव-भंगिमा में इसी प्रकार खड़े हुए और इसी अवस्था में उन्होंने अपना भाषण भी दिया। कुछ लोग अवश्य ही मुझसे यह कहेंगे, "आप चीजों को कुछ ज्यादा बढ़ा-चढ़ाकर नहीं बता रहे हैं?" ऐसा कतई नहीं है। मैं आपको यहाँ जो भी बता रहा

हूँ, एक सबक के लिए बता रहा हूँ, कोई कहानी सुनाने के लिए नहीं। और आगे जो हुआ, वह इस प्रकार है—

"साथियो!" जैसे ही उन्हें अपने शब्दों की गूंज सुनाई दी, उनकी उँगलियाँ काँपने लगीं, घुटने लड़खड़ाने लगे और फिर उनके पूरी शरीर में कंपन होने लगा। उनका गला रुँध गया तथा वे मेज के पास अपने हस्तलिखित भाषण को देखने आए। उन्होंने फिर साहस बटोरा तथा मुट्ठियों को भींचते हुए वापस आए, "साथियो! हम हम, हम, हम, हम अत्यधिक प्रसन्न हैं—अत्यधिक प्रसन्न हैं, प्रसन्न हैं, प्रसन्न हैं। हम युद्ध में अपना रक्त बहानेवाले वीरों के अपने नगर आगमन पर प्रसन्न हैं और उनका स्वागत करते हैं। विशेष रूप से, विशेष रूप से, विशेष रूप से हम इस वीर नौजवान (यानी मैं) को देखकर प्रसन्न हैं, इस वीर नौजवान को देखकर प्रसन्न हैं क्योंकि हमारी कल्पना में, हमारी कल्पना में हमने इसे युद्ध का नेतृत्व करने योग्य पाया...योग्य पाया । उसने बड़ी कुशलता से...बड़ी कुशलता से सेना की टुकड़ी...सेना की टुकड़ी का नेतृत्व किया। हमने उसकी...हमने उसकी...हमने उसकी तलवार को ...तलवार को बिजली की तरह चमकते हुए देखा है। जब वह टुकड़ी पर 'आ-क्र-म-ण' कहकर गरजता है, तब सूरज की रोशनी में उसकी तलवार और अधिक चमकती हुई दिखाई देती है।"

हे भगवान! इस व्यक्ति को युद्ध के बारे में कितना कम ज्ञान था? यदि उन्हें जानकारी नहीं है और वे जानकारी प्राप्त

जितना बड़ा अधिकारी, उतना ही पीछे। इसलिए नहीं कि वह वीरता में कम, बल्कि यह नियम है और फिर भी वे महोदय अपने भाषण में चिल्ला-चिल्लाकर कह रहे थे, "मैं अपनी चमचमाती तलवार लेकर।"

करना चाहें तो वे यहाँ उपस्थित हमारे जी.ए.आर. कॉमरेड से ले सकते हैं और वे जो बताएँगे, वही सत्य है। यदि कोई अधिकारी खतरे के समय कभी भी अपनी पैदल सैना से निकल जाए तो यह अपराध से कम नहीं है। "मैं चमकती तलवार लेकर अपनी टुकड़ी के आगे 'आ-क्र-म-ण' कहता हुआ दौड़ रहा था।" मैंने ऐसा कभी नहीं किया। क्या आपको लगता है कि अपनी सेना की टुकड़ी के आगे खड़े होकर पहले मैं अपनी छाती पर दुश्मनों की गोली खाता, फिर सारी सेना अपनी पीठ पर गोली खाती? सेना के अधिकारी का यह स्थान नहीं होता। युद्ध में अधिकारी की वास्तविक स्थिति सीमा पर टुकड़ी के पीछे होती है। कई बार ऐसा भी हुआ कि चुनौती देनेवालों को पकड़ने के लिए मैंने टुकड़ी के आगे जाकर सीमा भी पार की है, लेकिन तभी जंगल से विद्रोहियों के चिल्लाने की आवाजें सुनाई देतीं, "अधिकारी, पीछे हो जाएँ, अधिकारी पीछे हो जाएँ।" तो सारे अधिकारी पंक्ति में पीछे हो जाते। जितना बड़ा अधिकारी, उतना ही पीछे। इसलिए नहीं कि वह वीरता में कम, बल्कि यह नियम है

और फिर भी वे महोदय अपने भाषण में चिल्ला-चिल्लाकर कह रहे थे, "मैं अपनी चमचमाती तलवार लेकर।" उस भवन में मेरे कई ऐसे साथी सैनिक भी बैठे हुए थे, जो उस लड़के (मुझे) को इस तरह से कैरोलिना नदी पार करा कर लाए कि उसके पैर तक पानी में नहीं छुए। उनमें से कुछ सूअर और मुरगी पकड़ने के लिए और आगे तक निकल गए। उनमें से कुछ टेनेसी की पहाड़ियों पर पाइन के जंगलों में पड़े बमों के कारण मृत्यु का शिकार हो गए, फिर भी इन महोदय के भाषण में उनका जिक्र बहुत कम ही हुआ। उस समय का नायक यह लड़का था। क्या देश उसका ऋणी था? नहीं। न तब था, और न अब है। वह नायक क्यों था? बहुत साधारण-सी बात है, क्योंकि उस व्यक्ति ने भी वही मानवीय भूल दोहराई। वह लड़का महान् था, क्योंकि वह अधिकारी था और बाकी सब तो साधारण स्तर के व्यक्तिगत सिपाही थे।

इस घटना से उस समय मैंने जो सबक सीखा, उसे मैं अंतिम समय तक याद रखूँगा। महानता किसी पद को धारण करने में नहीं है, वरन् जीवन में व्यक्तिगत स्तर पर सीमित संसाधनों में महान् उद्देश्यों को पूर्ण करने में है। यदि आप जरा भी महान् बनना चाहते हैं तो आपको पहले फिलाडेल्फिया में ही महान् होना होगा। जो इस शहर को अच्छी सड़कें, अच्छे फुटपाथ, अच्छे विद्यालय और कॉलेज, अधिक खुशियाँ और अधिक सभ्यता का योगदान कर सकता है, वह कभी भी, कहीं भी महान् बन सकता है। जिन

लोगों को मुझे सुनने का दोबारा अवसर न मिले, वे विशेषरूप से याद रखें कि वास्तव में यदि आप महान् बनने की इच्छा रखते हैं तो आप अपने मौलिक स्वरूप तथा मौलिक स्थान पर ही रहते हुए कार्य प्रारंभ कर दें। यहाँ फिलाडेल्फिया में रहते हुए जो अपने शहर को खुशी दे सकता है, एक अच्छा नागरिक बन सकता है, जो अच्छे घरों का निर्माण कर सकता है, जो शहर के लिए किसी भी रूप में वरदान हो सकता है, चाहे वह दुकानदार, क्लर्क हो या गृहिणी हो, वह कहीं भी रहकर महान् हो सकता है, लेकिन जो वर्तमान स्थान पर अभिशाप की तरह है, वह इस पूरी धरती पर कहीं भी महान् नहीं हो सकता।

"हमारा जीवन हमारे कर्मों का प्रतिफल है, समय का नहीं; यह भावनाओं में है, आँकड़ों में नहीं; विचारों में है, श्वासों में नहीं। हमें सच के लिए धड़कनेवाले अपने हृदय की धड़कनों से समय की गणना करनी चाहिए।" बेले कहते हैं, "विचारशील मनुष्य ही दीर्घायु होता है।"

यदि आप मेरा कहा हुआ सबकुछ भूल भी जाएँ, पर इसे न भूलें, क्योंकि इन दो पंक्तियों में कही गई बात मेरे द्वारा की गई बात से कहीं अधिक गहरी है। बेले कहते हैं, "चिंतनशील, संवेदनशील तथा उत्तम कार्यों को करनेवाला व्यक्ति ही दीर्घायु होता है।"

□□□